말을 삼킨 아이

말을 삼킨 아이(개정판)

권요원 지음

발   행 | 2023년 10월 30일
펴낸이 | 권지연
펴낸곳 | 소울크로싱
만든이 | 권지연 임동일 박준태
제조국 | 한국
연   령 | 12세 이상
등   록 | 2021.11.10.(제2021-000101호)
주   소 | 경기도 수원시 영통구 광교로 156 광교비즈니스센터 11층
이메일 | ann0070@hanmail.net

ISBN 979-11-976777-5-5

soul-crossing.tistory.com

「이 도서의 국립중앙도서관 출판예정도서목록(CIP)은 서지정보유통지원시스템 홈페이지(seoji.nl.go.kr)와 국가자료공동목록시스템(www.nl.go.kr/kolisnet)에서 이용하실 수 있습니다.

말을

삼킨

아이

권요원 지음

차 례

"네가 잃어버린 시간은 내가 가져가도 되겠지?"

- 타임조커 -

01 수상한 남자

"우리 동네에 이상한 아저씨 사는 거 알아?"

"이상한 아저씨?"

뒷자리에 앉은 아이들이 주고받는 이야기에 귀가 쫑긋 섰다. 가온이는 호기심에 가만히 귀를 기울였다.

"응, 개천 아래에 자주 나타나는데……."

"아! 누군지 알아. 본 적 있어. 잠자리채 들고 다니는 그 이상한 아저씨 말이지?"

"맞아!"

그 아저씨라면 가온이도 잘 알았다. 엄마와 산책로를 걸으며 운동을 할 때 종종 마주친 적이 있었다.

동네를 가로지르며 흐르는 개천 산책로는 운동 기구가 조성되어 있어 마을 사람의 좋은 쉼터가 되었다. 지름길이 되기도 했고 무엇보다도 큰길의 건널목을 건너지 않아도 되어서 안전했다.

그런데 어느 날부터인가 산책로를 돌며 잠자리채를 휘두르는 아저씨가 나타났다.

"그 아저씨 미친 사람 아니야?"

"그렇지? 그 아저씨 미친 사람 맞지?"

"잠자리도 없는데 매일 같이 잠자리채를 휘두르니까 이상하잖아."

"맞아, 나도 그렇게 생각했어."

서로의 생각이 비슷하다는 걸 알게 된 아이들은 들뜬 목소리로 대화를 이어나갔다.

"누가 그러는데, 그 아저씨 원래 박사였대. 그런데 곤충 연구만 하다가 미쳐서 저렇게 된 거라는데?"

"에이, 말도 안 돼."

"진짜야. 사람들하고 이야기하지 않으니까 그런 거래."

"거짓말."

처음에는 아저씨가 곤충을 잡는다고 생각했는데 그게 아닌 것 같았다. 허공을 휘저으며 무언가를 잡는 시늉을 했지만 무얼 잡고 있는지는 도통 알 수가 없었다.

"혹시 그 얘기 들었어?"

"무슨 얘기?"

"어떤 애가 그 아저씨한테 뭐하냐고 물어봤대. 그랬더니 그 아저씨가 뭐라고 했는지 알아?"

수상한 아저씨의 이상한 행동은 아이들의 호기심을 끌기 충분했다. 아이들의 추측은 아저씨의 직업에서부터 출생의 비밀까지 끝없이 이어졌고, 하나둘 생겨난 소문은 풍선처럼 부풀려져 터지기 직전이었다.

"뭐라고 했대?"

"자기는 말을 사냥하고 있다고 했대."

"……."

아이들의 소곤거림은 일순간 찾아온 정적에 자취를 감추었다.

'말을 사냥한다고?'

가온이가 알고 있던 소문하고는 조금 달랐다. 가온이가 들은 얘기는 이랬다.

여느 때처럼 아저씨 주위를 맴돌던 아이 중 하나가 용기를 내어 무엇을 하고 있느냐고 물었다. 아저씨는 활짝 웃으며 아이들을 잡으려고 한다고 말했고, 그 말에 놀란 아이들이 뿔뿔이 흩어졌다. 그런데 그 뒤로 아저씨에게 말을 건 아이를 본 사람이 없다는 거다. 믿거나 말거나 한 얘기지만 소문은 살아 있는 생명처럼 살이 붙고 자랐다. 그래서 이제는 그 소문을 거짓이라고 의심하는 아이는 아무도 없다. 아저씨는 자신에 대한 소문을 아는지 모르는지 여전히 개천 산책로를 돌며 잠자리채로 무언가를 계속해서 잡고 있었다.

더는 아이들의 이야기에 주의를 기울일 수 없었다. 평소 같았으면 궁금함을 참지 못하고 끼어들었겠지만, 지금은 한시라도 빨리해야 할 일이 있었다. 가온이를 사로잡는 생각 때문이다. 적기도 전에 생각이 달아나기라도 할까 봐 마음이 급해졌다.

"어? 없잖아! 어디 갔지?"

입 밖으로 생각이 불쑥 튀어나왔다.

도대체 모를 일이었다. 늘 그래왔던 것처럼 가방 속에 잘 넣어두었다. 아무 데나 내팽개쳐 둘 수 있는 물건이 아니니까. 그런데 불과 서너 시간이 지난 지금, 가방을 샅샅이 뒤져봐도 찾을수가 없었다.

"뭘 잃어버렸니?"

"어?"

가온이는 흠칫 놀란 얼굴로 뒤를 돌아보았다. 수빈이가 어깨너머로 물끄러미 내려다보고 있었다.

"뭘 잃어버렸냐고?"

"아니, 아무것도 아니니까 신경 꺼."

가온이는 퉁명스럽게 대답했다.

습관처럼 튀어나온 말이었다. 무엇을 잃어버렸는지 알려 줄 수도 없을뿐더러 찾는 걸 도와달라고 말할 수도 없었다.

며칠 동안 아랫배가 쿡쿡 쑤시는 것처럼 아팠다. 시간이 지나면 나아지려니 했지만, 통증은 사라지지 않았다. 그래서 신경이 예민한 상태였다. 게다가 수빈이가 불쑥 나타나서 말을 거는 것도 마음에 들지 않았다. 말을 걸기 전까지 어디에 숨어서 지켜보고 있었을 것이 확실하니까. 그건 발가벗겨진 채로 세상에 내던져진 기분이 들게 했다.

"무슨 일인데 그래? 내가 도와줄게."

다정스럽게 말을 건네는 수빈이의 목소리가 자꾸만 귀에 거슬렸다.

"아무것도 아니라니까."

가온이는 쏘아붙이듯 대꾸했다.

"가온아, 왜 그래?"

수빈이가 상냥한 말투와 따뜻한 눈길로 가온이를 바라보았다.

'수빈이는 친절해야 한다는 강박 관념이라도 있는 걸까?'

수빈이의 친절함에 괜스레 심통이 났다.

"너, 나 감시하고 있었니? 나한테 신경 꺼 줄래?"

수빈이의 가느다랗던 눈이 동그랗게 커지는 걸 보며 가온이는 무심한 척 재빨리 눈길을 돌렸다. 그리고 고개를 푹 파묻었다. 하지만 얼굴은 이미 달아오를 대로 달아오른 상태였다. 수빈이도 그걸 모를 리가 없다.

'쳇!'

예민해진 탓일까? 수빈이가 자신을 감시하고 있었다고 생각하니 괜스레 화가 치밀어 올랐다. 이를 꾹 깨물고 입을 틀어막아도 새어 나오는 신음을 막을 수가 없었다.

'어쩌면 좋아. 어찌지? 이제 어떻게 해야 하지?'

공책에 새겨진 이름이 눈앞에서 아른거렸다.

이름에 고민이라는 꼬리표가 주렁주렁 매달려 있는 것 같았다. 만약 고민을 떼어 내어 차곡차곡 쌓는다면 아마 자신의 키만큼은 족히 되고도 남을 게 분명했다.

수업이 끝나고 아이들이 하나둘 집으로, 학원으로 가는 중에도 가온이의 발길은 좀처럼 떨어지지 않았다. 텅 빈 교실 안에 우두커니 서 있던 가온이의 머릿속에 번개처럼 번쩍하고 떠오르는 생각이 있었다.

"그래! 시간을 되돌려 보는 거야."

가온이는 기억을 더듬어 오늘 있었던 일, 그리고 가 봤던 장소를 추적해 보기로 했다. 지나온 시간을 거슬러 보면 물건을 잃어버린 시점의 기억을 떠올릴 수 있을 것 같았다.

가온이는 언제인지 정확히 기억이 나지는 않지만, 무엇인가를 잃어버리면 다시 거꾸로 되돌아가 물건을 찾았던 경험이 종종 있었다. 그러나 이번에는 달랐다. 아무런 생각도 나지 않았다.

"아무 소용없어. 시간을 되돌릴 수만 있다면 얼마나 좋을까!"

어쩌면 벌써 다른 누군가의 손에 들어갔을지도 모른다. 그래도 다행인 것은 공책에 자물쇠가 달려 있어서 열쇠가 없으면 쉽게 열 수 없다는 것이다.

"주운 사람이 있다면 주인을 찾아 주려고 할 거야."

가온이는 책상과 의자를 가지런히 정돈하고 교실 문을 나섰다.

생각과 다르게 마음은 끝도 보이지 않는 어둠 속으로 가라앉는 것 같았다.

"수빈이에게 솔직하게 털어놓을 걸 그랬어."

퉁명스럽게 대했던 게 괜스레 미안해졌다.

"솔직하게 얘기했으면 달라졌을까?"

쉽사리 결론을 내릴 수 없는 문제였다.

수빈이와 단짝이 된 지도 벌써 2년이 다 되었다. 2년 전 가온이가 전학을 왔을 때, 수빈이는 혼자 다니는 가온이에게 먼저 말을 걸고 눈인사를 했다.

가온이가 준비물을 가져오지 않았을 때 수빈이가 물감을 빌려주며 친해졌다. 화가가 꿈인 수빈이는 전문가용 물감과 붓, 팔레트를 쓰고 있었다. 가온이 같았으면 비싼 재료를 빌려주기가 어려웠을 텐데 수빈이는 선뜻 내밀었다.

쉬는 시간에 같이 수다를 떨고 수업이 끝나면 분식집에 들러 군것질을 하곤 했다. 한동안 수빈이와 꼭 붙어서 다녔는데 요즘 들어 조금은 서먹해진 것 같았다.

"엄마, 저기 좀 봐."

귓가에 울리는 낯선 목소리가 잡다한 생각으로 꽉 차 있는 머릿속을 비집고 들어왔다.

"저 아저씨 미친 사람이래."

목소리의 주인공은 엄마와 나란히 걸어가던 가온이 또래의 남자아이였다.

가온이는 남자아이가 가리키는 곳을 쳐다보았다. 아저씨가 개천 산책로에서 잠자리채를 들고 이리저리 뛰어다니는 모습이 보였다.

"엄마, 애들이 그러는데 저 아저씨 원래는 곤충 박사였대. 그런데 공부를 너무 많이 해서 정신이 나갔대."

"쓸데없는 소리 하지 마. 너 공부하기 싫어서 그러는 거 다 알아! 공부 많이 해서 정신이 나간다는 게 말이나 되니?"

아이의 말에 엄마가 핀잔을 주었다.

"진짜라니까!"

아이는 목청에 핏대를 세웠지만, 엄마에게는 통하지 않았다.

우연히 대화를 엿듣게 된 가온이는 헛웃음이 나오는 걸 참느라 이를 꽉 깨물었다. 이해할 수 없는 일이었지만 아이 엄마의 말이 맞는지도 모른다는 생각이 들었기 때문이다.

'아이가 한 말에는 정말 공부하기 싫다는 뜻이 숨어 있는 것일까? 도대체 아이의 엄마는 어떻게 속마음을 알 수 있었던 걸까?'

그러나 아이가 한 말도 사실이었다. 학교에서는 잠자리채를 들고 다니는 수상한 아저씨에 대한 별의별 소문이 다 떠돌았으니까.

'저 아저씨가 잡으려고 하는 게 무얼까? 도대체 허공에는 뭐가 있는 거지?'

가온이는 길에 멈춰 서서 허공에 대고 잠자리채를 휘젓는 아저씨를 물끄러미 바라보았다. 그런데 아저씨의 모습이 왠지 평소와는 달라 보였다.

"뭔가 달라진 것 같은데, 도대체 뭐가 다른 거지?"

가온이는 틀린 그림을 찾으려고 기억 속에 있는 아저씨의 모습을 꺼내 보았다. 그리고 현재의 모습과 기억 속의 아저씨 모습을 차근차근 비교해 보았다.

"어?"

자신도 모르게 감탄사가 불쑥 튀어나왔다.

"그럴 리 없어. 잘못 본 게 분명해."

가온이는 눈을 비벼보기도 하고 고개를 사정없이 흔들어 보기도 했다. 하지만 소용없었다.

"잠자리채가 왜 저렇게 커진 거지?"

미처 생각해 보지도 못했던 일이라 충격은 더 컸다. 무슨 이유에서인지는 알 수 없지만, 잠자리채는 분명히 더 커져 있었다.

"설마 그 소문이 사실일까?"

궁금했지만 아저씨에게 물어볼 수는 없었다. 말을 걸었다가 가온이가 새로운 소문의 주인공이 될 수도 있으니까.

'내가 사라져 버리면 어떨까? 그럼, 고민거리도 모두 사라지겠지?'

가온이는 괜한 생각을 떨치려고 얼른 고개를 흔들었다.

"가온아, 왜 그래?"

한껏 찡그린 표정을 봤는지 엄마가 걱정스러운 눈빛을 보내며 물었다.

"아니야, 아무것도."

평소 같았으면 밥알 튀는 것도 아랑곳하지 않고 재잘거리던 가온이가 아무런 말도 하지 않자 신경이 쓰이는 모양이었다.

"밥맛이 없어? 반찬이 별로야?"

엄마는 근심 어린 표정을 짓고 있는 가온이의 마음을 모를 리가 없다.

가온이는 또다시 아랫배가 살살 아려 왔다.

"엄마 내 눈치 보는 거야? 별일 아니니까 신경 쓰지 않아도 돼."

무심코 뱉은 말이 끝나기 무섭게 후회가 밀려들었다.

"어머머, 얘가, 얘가 엄마한테 버릇없이 말하는 것 좀 봐."

엄마는 기가 막혀 말문이 막히는지 더는 말을 잇지 못하고 가온이를 째려봤다.

또 말실수해서 엄마의 마음을 불편하게 했다는 생각이 들었다. 걱정을 덜어드리려고 한 말인데 엄마는 가온이의 속뜻을 이해하지 못한 것 같았다.

가온이는 엄마의 눈치를 살피며 무덤덤하게 말을 꺼냈다.

"예전에 삼촌이 우리 집에서 살 때 말이야. 밥을 먹는데 꼭 모래알을 씹는 것 같다고 말했었거든. 그때는 삼촌이 왜 그런 말을 하는지 몰랐는데, 이제는 그게 무슨 뜻인지 알 것 같아."

'탁!'

엄마의 숟가락이 식탁을 때렸다.

소리가 어찌나 큰지 귓속 달팽이관에서 사는 달팽이가 깜짝 놀라서 뛰쳐나갔다 해도 하나도 이상하지 않을 거라는 상상이 들었다. 한편으로는 엄마가 또 사고를 친 건 아닌지 조마조마했다. 엄마의 숟가락 때문에 금이 간 식탁 유리만 벌써 세 장째니 그런 생각이 드는 게 당연했다.

"뭐라고? 삼촌이 그런 말을 했어?"

가온이는 마음을 졸이며 힐끔거렸다. 다행히 식탁 유리는 멀쩡했다.

"기가 막혀서. 눈칫밥 먹는다는 소리를 들을까 봐 밥이며 반찬이며 얼마나 신경 써서 차려 줬는데 그런 말을 해? 정말

기가 막혀서 말이 안 나오네."

삼촌에 느꼈던 서운함을 속사포처럼 내뱉는 엄마는 이제 가온이의 기분은 안중에도 없는 것처럼 보였다.

엄마는 마음을 진정시키려고 물을 벌컥벌컥 들이켜더니 찬바람을 일으키며 부엌을 나갔다. 그리고 곧장 수화기를 집어 들었다. 화가 날 때면 늘 하는 일이다.

"희수니? 글쎄 말이야."

가온이가 했던 말을 토씨 하나 빼놓지 않고 그대로 전달하는 걸 보면 엄마의 기억력은 상당히 좋은 것 같았다.

"엄마, 나 학원 갔다 올게."

엄마의 푸념을 뒤로하고 집을 나서는 길에 가온이는 희수 이모를 만나면 '이모가 있어 정말 다행이야.'라는 말을 꼭 해 주어야겠다고 다짐했다.

02 분실물

눈을 뜨니 이른 아침이었다.

어제 학원에서 돌아오자마자 곧장 침대에 드러누웠고 곯아떨어졌다. 몸이 피곤해서라기보다는 마음이 고달팠기 때문이다. 좋지 않은 생각을 떨쳐 내는 데는 잠만큼 좋은 건 없다는 생각이 들었다.

방문 밖이 소란스러웠다. 압력밥솥이 뱉어내는 증기로 밥솥의 추가 요란하게 춤추며 딸그락거리는 소리였다.

'엄마는 매일 이렇게 일찍 일어나서 아침밥을 준비하는구나! 그나저나 엄마한테 뭐라고 말해야 하지?'

엄마한테 퉁명스럽게 대했던 게 마음에 걸렸다. 토라진 채로 서먹서먹하게 지내봤자 자신만 손해라는 생각이 들었다.

가온이는 부엌에서 음식을 만들고 있는 엄마를 향해 다가갔다.

"엄마."

"어, 벌써 일어났니?"

엄마는 여느 때와 다름없이 다정했다.

'엄마는 어제 일을 까맣게 잊어버리기라도 한 걸까?'

괜한 걱정을 하고 있던 게 아닐까 하는 생각이 들어 다시 엄마를 불러 보았다.

"엄마."

"왜?"

"엄마. 어제 내가 한 말 때문에 화났었어?"

"뭐?"

"내가 한 말실수 때문에 화난 거야?"

가온이는 잠시 뜸을 들였다 말을 이었다.

"아니지?"

"그래, 아니야. 어제 그것 때문에 고민했니?"

가온이는 엄마에게 와락 안기고 싶은 생각이 들었다. 그리고 어릴 때처럼 '엄마 사랑해'라고 말하고 싶었다. 그러나 목구멍에 차오른 말을 꾹 삼키고 다른 생각으로 말문을 열었다.

"엄마, 요새 내가 어떻게 된 건지 모르겠어. 나도 모르게 생각보다 말이 먼저 튀어나와."

가온이는 얼굴이 새빨갛게 달아오르는 걸 느끼며 고개를 파묻었다. 그리고 말을 이었다.

"아무래도 사춘기인 것 같아. 그러니까 엄마가 조금만 이해해 줬으면 좋겠어.”

엄마에게서 아무런 대답이 없자 괜히 말했다는 생각이 들었다.

“엄마는 가온이가 언제나 잘해 주고 있다고 생각해.”

한참 만에 엄마의 짧은 대답이 들려왔다.

가온이가 고개를 들었을 때 엄마는 함지박만 한 미소를 지어 보였다.

한결 가벼워진 마음으로 집을 나섰지만, 발걸음은 여전히 무거웠다. 마치 10킬로그램이 넘는 모래주머니가 양쪽 발목에 하나씩 채워진 기분이라고 해야 할까?

‘진짜 모래주머니라면……. 그래서 작은 구멍을 하나씩 뚫어놓을 수만 있다면 학교에 도착할 때쯤이면 모래주머니에 모래가 하나도 남아 있지 않을 텐데…….’

이른 시간에 나왔다고 생각했는데 의외로 많은 아이가 학교에 있었다. 문을 열고 교실에 들어서자 아이들이 한데 몰려있는 게 보였다. 아이들은 민준이 주위를 에워싸고 수군거리고 있었다.

“이거 나잖아? 어라! 너도 있어.”

“뭐? 어디 좀 봐.”

가온이는 불길한 징조라는 것을 직감적으로 알아차렸다.

‘기어이 일이 터지고야 말았어!’

가온이는 뚜벅뚜벅 자리로 걸어갔다. 그리고 평소처럼 자리에 앉아 책을 정리했다. 의심을 살만한 행동을 하지 않으려고 애쓰는 와중에도 아이들의 목소리만은 또렷이 들려왔다.

"쳇, 이게 뭐야? 도대체 누가 이런 짓을 한 거냐?"

'누가 이런 짓을 한 거냐고? 그럼, 허락 없이 남의 물건에 손을 대는 너희들은?'

가온이는 마음속으로만 중얼거릴 뿐 생각을 내뱉을 용기는 나지 않았다.

"야! 이거 누구 거야? 이거 주인 없어?"

모든 아이가 민준이에게 집중하고 있었기 때문에 혼자만 모른 척할 수 없었다. 아이들과 다르게 행동했다가는 의심을 살 게 뻔하기 때문이다.

가온이는 고개를 돌려 민준이를 바라보았다. 한곳에 집중된 아이들의 시선은 이전에는 볼 수 없었던 생기로 반짝거렸다.

"자기가 선생님인 줄 알고 있어. 웃기지 않냐?"

"그러게. 몰래 우리 반 애들을 감시하고 있었어."

"우리 행동을 하나하나 다 적어 놓은 거 같은데?"

감시당했다고 생각한 아이들은 화를 냈다.

"그런데 여자애 글씨체 같지 않냐?"

"그런 거 같기도 하고. 어쨌든 철저히 조사해서 밝혀내야 해."

"맞아. 그런데 어떻게 찾지?"

빨라지는 맥박에 맞춰 심장 소리도 점점 커졌다. 얼굴은 새빨갛게 물들고 등줄기로 식은땀이 나고 소름이 돋았다.

'이러다 심장이 터지는 건 아닐까?'

찜질방에 갔을 때보다 한여름 땡볕에서 땀을 뻘뻘 흘릴 때보다 더 화끈거렸다.

"일기장인 거 같은데 남의 일기 함부로 보면 어떻게 하니? 그만 주인 찾아 줘!"

시끄럽게 웅성거리는 아이들 틈에서 수빈이의 앙칼진 목소리가 들려왔다.

"야! 너 지금 그런 말 할 처지가 아니거든."

기세가 꺾이기는커녕 민준이는 더욱 의기양양했다.

"수빈이 네 이야기도 있어! 내가 읽어 줄까?"

"뭐라고?"

수빈이는 빛과 견줄 만큼 엄청난 속도로 민준이에게 달려갔다.

"비켜 봐. 어디, 뭐라고 적혀 있는데?"

민준이가 책장을 펼쳐 수빈이 코 앞에 들이댔다. 펼쳐진 책장을 훑는 수빈이의 눈동자가 점점 더 커졌다.

"뭐야? 내가 착한 척, 다정한 척, 친절한 척한다고?"

수빈이는 가온이보다 더 붉으락푸르락해진 얼굴로 언성을 높였다.

"얘, 정말 웃기는 애네. 누군지 밝혀지기만 해. 가만히 안 둘

줄 알아."

　몇 년을 알고 지내면서 저런 모습을 보는 것은 처음이었다.

　"그런데 이거 왜 썼을까? 혹시 담임선생님한테 이르려고 그런 거 아닐까?"

　민준이가 골똘한 표정을 지으며 말을 마치고 아이들을 살펴보았다. 맞장구치기를 바라는 눈치였다.

　갑자기 아랫배가 아려 왔다. 쥐어짜는 듯한 통증 때문에 배를 손으로 힘껏 움켜쥐었다.

　"그런데 이 글씨체 말이야……."

　수빈이가 말을 꺼냄과 동시에 가온이의 입에서 단말마의 신음이 새어 나왔다.

　"아!"

　자신도 모르게 불쑥 튀어나온 신음이었다.

　교실은 정적으로 가득 찼다. 냉기로 가득 찬 교실에 바람이 매섭게 휘몰아쳤다.

　아이들의 호기심 어린 눈빛과 마주치자 가온이는 얼른 고개를 돌렸다. 잠잠해졌던 가슴이 다시 방망이질 치기 시작했다.

　'아! 내가 왜 고개를 돌렸지? 너무 티가 나는 행동을 한 것 같아.'

　"가, 갑자기 배가 아파서 그래."

가온이는 배를 움켜쥐며 말했다.

요즘 들어 생각 없이 행동하는 일이 종종 있었다. 그럴 때마다 자신의 경솔함을 후회했지만 쉽게 고쳐지지 않았다.

아이들의 시선은 다시 수빈이에게 돌아갔다.

"수빈아, 넌 주인이 누군지 알지?"

"어? 몰라. 내가 어떻게 알아!"

수빈이는 말을 얼버무리고는 조용히 자리에 가서 앉았다. 몹시 충격을 받은 표정이었다.

하루 이틀 붙어 다닌 것도 아닌데 수빈이가 가온이의 글씨체를 모를 리가 없다.

"쳇! 이거 쓴 애는 뭐야? 자기는 뭘 그렇게 잘났는데?"

"그러니까. 그런 거 할 시간이면 게임이나 한 판 더 했을 텐데."

항상 핸드폰을 손에서 놓지 않는 승민이가 게임을 하면서 중얼거렸다.

'너희들이 기분 나빠도 어쩔 수 없어. 모두 사실이잖아?'

가온이는 아무 말도 할 수 없었다. 항변하고 싶었지만, 변명으로 비쳐질 게 뻔했다. 그리고 아이들의 원성과 비난을 온몸으로 받아야 할 것이다. 문득 일기장의 열쇠가 생각났다. 이제 아무짝에도 쓸모없는 열쇠.

가온이는 초조한 마음에 호주머니 속 열쇠를 꽉 쥐어 보았다.

그러자 괘씸한 생각이 뒤를 이었다.

'자물쇠를 어떻게 열었지? 열쇠도 없이 함부로 열었다는 건데, 그건 정말 못된 행동이야.'

가온이는 자물쇠를 누가 어떻게 열었는지 궁금했다.

'정말 기분 나빠. 누군지 꼭 알고 싶어.'

그 순간 놀라운 일이 벌어졌다.

"정말 기분 나쁘다. 누군지 꼭 알아야겠어."

생각을 훔쳐보기라도 했는지 누군가 가온이가 속으로 한 말을 고스란히 반복한 것이다. 너무 놀랐지만 목소리의 주인이 누군지는 알 수 없었다. 아이들의 소란에 고스란히 묻혀 분간할 수 없었다.

'어떻게 서로 다른 상황에서 똑같은 생각을 할 수 있는 거지?'

이상하고 놀라운 경험이었다.

"여기에 적혀 있지 않은 사람이 주인이겠지. 안 그래?"

"맞아. 다른 애들만 염탐하고 자기의 행동에 대해서는 직접 쓰지 않았을 거야."

아이들의 추리는 제법 그럴듯했다.

"열아홉 명이 적혀 있거든! 우리 반이 스물네 명이니까 범인은 여기에 적혀 있지 않은 다섯 명 중에 있는 거야."

현수는 공책에 나와 있는 아이들의 명단을 따로 적고 대단한 발견이라도 한 양 소리쳤다.

'범인이라고? 내가 범죄자라도 된다는 거야? 도대체 내가 뭘 잘못했는데?'

가온이는 오히려 억울한 생각이 들어서 큰 소리로 말하고 싶었다.

"이 공책에 있는 글씨체와 똑같은 글씨체의 애를 찾자!"

"그만하지? 수업 시간 다 됐거든! 그리고 그 애를 찾아서 뭐 할 건데?"

반장인 수영이가 쏘아붙였다.

범인을 찾는다던 아이들의 열기가 순식간에 가라앉았다.

"뭐야? 혹시 너냐?"

민준이가 의미심장한 표정을 지으며 물었다.

"뭐라고?"

수영이가 움찔 놀란 표정을 지었다. 자기 행동이 오해를 불러일으킬 수 있다는 걸 뒤늦게 깨달은 것이다.

"네가 쓴 거냐고?"

민준이는 수영이를 궁지로 몰아넣기 위해 말의 고삐를 단단히 죄었다. 그러나 수영이는 민준이의 생각처럼 호락호락하지 않았다.

"아니거든!"

단호한 목소리로 말을 마친 수영이는 민준이를 매섭게 노려보았다. 눈에서 불꽃이라도 나올 기세였다.

"아, 알았어. 그만하자. 곧 수업이잖아."

민준이가 슬그머니 꼬리를 내렸다. 수영이는 눈빛으로 자신이 거짓말을 하고 있지 않다는 것을 증명한 것이다.

"그래도 누구 짓인지 꼭 밝혀낼 거야. 그러니까 너희들도 협조해 줘."

민준이의 말은 권유라기보다 일방적인 통보에 가까웠다. 수영이는 잠시 생각에 잠겼다. 할 말을 찾는 눈치였다. 잠시 후 수영이가 입을 열었다.

"그것 때문에 우리끼리 서로 의심하고 싸우는 일은 없었으면 좋겠어."

그때, 수업 시작을 알리는 종이 울리자 아이들은 각자의 자리로 돌아갔다.

아이들은 일기장의 주인공을 찾기 위해 혈안이 되어 있었다. 그러니 얼마 못 가서 정체가 밝혀지고 말 것이다.

'눈빛이 흔들리면 안 돼. 그것만 조심하면 아이들을 속일 수 있을 거야.'

가온이는 수영이와 같은 상황에 부닥치면 눈길을 피하지 않을 거라고 다짐했다. 눈을 똑바로 뜨고 아니라고 우기면 거짓말을 한다고 생각하지 못할 것이다.

'그건 너희들한테 말로 하지 못하는 걸 썼던 거야. 내가 느끼는 대로 말이야.'

미처 하지 못했던 말만 머릿속에서 맴돌았다. 의식하지 않으려고 했지만 현수에게 자꾸만 눈길이 갔다.

갑자기 은영이가 옆구리를 쿡 찔렀다.

가온이는 사뭇 날카로워진 목소리로 물었다.

"뭐야?"

은영이는 시치미를 뚝 떼며 선생님을 주시했다. 은영이를 따라 선생님을 바라보니 그제야 선생님의 목소리가 들렸다.

"가온이 너 무슨 생각 하느라 선생님이 불러도 모르니?"

"네?"

아이들의 시선이 일제히 가온이를 향했다. 사방에서 쏘는 눈빛 때문에 숨이 막힐 지경이었다.

"정신 차리고 수업 들어."

"네!"

선생님의 지적까지 받자 힘이 빠지고 기분이 더 안 좋았다. 도무지 수업에 집중할 수 없었다. 평소보다 수업이 길게만 느껴져서 시간이 언제나 같은 속도로 흐르는 건 아닐지도 모른다는 생각이 들었다.

쉬는 시간이 되자 민준이와 현수는 아이들의 공책 검사를 시작했다. 다섯 명의 글씨체를 문제의 일기장과 대조해 보기 위해서였다. 민준이와 현수가 이렇게 진지한 모습을 보이는 것은 처음이었다.

"은영이 네 공책 좀 보여 줘."

은영이는 순순히 공책을 펼쳐 보였다. 다음은 가온이 차례였다. 가온이의 심장은 금방이라도 터질 것처럼 쿵쾅거렸다.

"가온이 네 공책도 좀 보여 줄래?"

"내가 왜?"

가온이는 분노와 경멸이 가득 찬 눈길로 민준이와 현수를 쏘아보았다.

"왜, 왜라니?"

민준이는 무서운 기세로 쏘아붙이는 가온이의 반응에 놀랐는지 잠시 머뭇거렸다.

"됐어. 이렇게 강제적으로 남의 사생활을 침해할 거야? 저리 꺼져!"

아이들의 시선이 가온이에게 꽂혔다.

민준이는 아이들의 눈빛이 신경 쓰였는지 이내 큰 소리로 말했다.

"뭐라고? 다시 말해 봐."

"너희들 자꾸 괴롭히면 선생님한테 이를 거야."

가온이는 지지 않으려고 더 큰 소리로 말했다.

"너, 괜히 짜증 낸다."

"됐거든. 너희들한테 내 공책을 보여 줘야 할 이유도 없고 네가 나한테 이렇게 할 권리도 없어."

"너 뭔가 숨기고 있는 거 아니야? 이리 줘 봐."

민준이가 강제로 뺏으려 하자 가온이는 필사적으로 공책을 붙잡았다.

기 싸움은 팽팽했다. 눈 하나 깜박이지 않고 서로 쏘아보는데 마치 불꽃이 튀기라도 할 것 같았다. 그때 수업을 알리는 종소리가 울렸다. 수업이 그토록 반가운 적은 태어나서 처음이었다.

"너, 나중에 봐."

민준이가 으름장을 놓았다.

"됐거든. 네 얼굴 또 보고 싶지 않으니까 내 근처에는 얼씬도 하지 마."

"쟤가 진짜!"

갑자기 눈앞이 뿌옇게 흐려졌다.

"어! 어?"

당황하는 민준이의 얼굴이 잠깐 보이는가 싶더니, 세상이 물에 잠긴 것처럼 형체가 흐릿해졌다.

"가온이 울잖아!"

누군가가 말하는 소리를 듣고서야 울고 있다는 사실을 알아차렸다. 눈을 꼭 감았더니 뜨거운 눈물이 뺨을 간질였다. 눈물이 왜 나는지 알 수 없었다.

03 비밀 일기장

　하루가 엉망진창이었다. 선생님이 왜 우냐고 물었지만 가온이는 입을 열지 않았다. 선생님이 어르고 달래고 화도 내 보았지만 가온이는 끝까지 입을 다물었다. 그 일로 인해서 개인 면담까지 받아야 했다. 최악의 하루였다.

　가온이가 일기장의 주인이라는 사실은 모두 다 알아챈 것 같았지만 아무도 내색하지 않았다. 아니, 좀 더 정확히 말하면 누구도 내색할 수 없는 일이었다. 가온이가 한 일은 친구들에게 비난받을 만한 일이었지만 특별히 나쁜 짓을 한 것은 아니기 때문이다. 가온이는 단지 자신의 일기장에 솔직한 일기를 썼을 뿐이다. 오히려 남의 일기를 함부로 훔쳐본 것이 더 나쁜 짓 아닌가!

　가온이는 개인 면담을 하느라 평소보다 늦은 시간에 학교를 나섰는데 수빈이가 교문 밖에서 서성이고 있었다. 자신을 기다리고 있었다는 것을 알게 되자 가온이는 반가운 마음과 동시에 미안한 마음이 들었다.

"가온아, 너 괜찮니?"

가온이는 아무런 대답도 하지 않았다.

"너 자꾸 그럴 거야?"

참다못한 수빈이의 목소리에 짜증이 배어 나왔다.

"누가 너더러 기다려 달라고 했니? 나한테 짜증 내려고 기다린 거야?"

마음에도 없는 말이었다.

"그게 무슨 소리야!

더는 못 참겠는지 수빈이도 언성을 높이기 시작했다.

"오늘따라 왜 이렇게 신경질적이야? 너 나한테 숨기는 거 있지?"

가온이는 수빈이의 눈을 억지로 피하며 되물었다.

"뭘 숨긴다는 거야?"

"너 나랑 절친 아니었어?"

"그게 뭐 어쨌는데?"

가온이의 대답에 수빈이는 당혹스러웠다.

"나는 고민이나 비밀이 있으면 너한테 이야기했는데 너는 그런 적이 한 번도 없어. 넌 항상 뭘 숨기고 있는 거 같아."

"뭐? 무슨 뜻으로 그런 말을 하는 건데?"

조금 전의 미안한 마음은 온데간데없이 사라져 버리고 또 화를 내고 말았다.

'차라리 비밀 일기가 내 거냐고 물어보면 대답해 줄 수 있는데……'

가온이는 수빈이의 질문에 더 화가 났다. 그렇다고 비밀 일기에 관해 물어보지도 않는데 사실대로 털어놓기도 어색한 상황이었다. 가온이는 어째서 이런 상황에 있어야 하는지, 왜 죄인처럼 숨겨야 하는지 모든 게 다 짜증스러웠다.

"가온이 너 정말 그럴 거야?"

"됐어. 나 먼저 갈게."

가온이는 수빈이를 뒤로하고 앞서 걷기 시작했다.

'하루가 이렇게 길었던 적은 처음이야.'

가온이는 혼자만의 생각에 잠겨서 걸었다. 그러다 갑자기 우두커니 멈춰 섰다. 걷다 보니 어느새 개천 산책로 입구에 도착해 있었다. 가온이의 눈길은 자연스레 수상한 아저씨를 쫓았다. 아저씨는 여전히 잠자리채로 허공을 휘저으며 무언가를 잡고 있었다.

"뭔지는 몰라도 많이 잡았으면 좋겠어요."

가온이는 혼잣말로 중얼거렸다.

정말 그렇게 되기를 바랐다. 혼자서 보이지 않는 무언가를 잡으려고 애쓰는 아저씨가 안쓰러워 보였기 때문이다.

"이런 기분으로는 아무것도 할 수가 없어."

하루쯤은 학원을 빼먹어도 될 것 같았다. 이렇게 우울한 기분으로 학원에 가봤자 선생님의 목소리가 귀에 들어올 리 없었다.

'자유민주주의 국가에서 왜 하고 싶은 말도 눈치 보며 해야 하고, 쓰고 싶은 글도 마음대로 쓰지 못하는 거냐고!'

가온이는 큰소리로 외치고 싶었다. 그렇게 하면 가슴이 뻥 뚫릴 것 같은데 도무지 용기가 나지 않았다.

"가지고 다니지 않았다면 잃어버리지도 않았을 텐데……."

하지만 집에 숨겨두는 것도 안심이 되지는 않았다. 엄마는 청소한다는 핑계로 가온이의 허락 없이 책상을 뒤지기 일쑤였기 때문이다.

"쳇, 단단히 잠겼을 거로 생각했는데 그렇게 쉽게 열릴 게 뭐람. 완전히 엉터리 자물쇠야."

가온이는 비밀 일기장의 열쇠를 개천을 향해 힘껏 던졌다.

가온이의 일기장은 두 개다. 하나는 검사용 일기장이고 다른 하나는 비밀 일기장이다. 엄마가 일기장을 가끔 몰래 본다는 것을 알고 난 뒤로 비밀 일기장을 만들었다. 비밀 일기장은 엄마나 담임선생님뿐 아니라 그 누구한테도 보여 주고 싶지 않은 비밀로 가득 채워져 있다. 아이들이 본 것이 바로 가온이가 잃어버린 비밀 일기장이었다.

가온이는 비밀 일기장에 학교에서 일어난 세세한 이야기와 아이들의 특징을 적어 놓았다. 비밀 일기장에 이야기를 쓰기 시작한 이유는 말실수 때문이었다. 특별한 내용은 없다. 단지 가온이가 겪은 사실 그대로를 적어 두는 것뿐이다.

가온이는 언젠가부터 자기 말이 상대방의 마음에 상처를 준다는 걸 알았다. 이상했다. 거짓말을 한 것도 아니고 솔직하게 말했는데 기분 나빠하다니! 나쁜 의도를 담은 농담을 말했다면 당연히 기분이 나쁘겠지만 칭찬을 했는데도 기분 나쁘게 받아들이는 경우가 있었다.

"미술 시간에 네가 그린 그림을 보고 얼마나 많은 생각을 했는지 몰라."

가온이는 그림이 많은 의미를 담고 있어 좋았다는 뜻으로 한 말인데 상대방은 그림이 이상해서 도대체 무엇을 그렸는지 모르겠다는 의미로 받아들였다. 때로는 그 반대의 경우도 많았다.

진심을 담은 농담을 그저 흘려듣고 말아야 할까? 아니면 농담을 웃어넘기지 못할 정도로 소심하다는 말을 듣더라도 화를 내서 상대에게 기분이 상한 것을 알려야 할까?

가온이는 상대방의 말에서 거짓과 진실을 구분하기 어려웠다. 말에 숨은 속뜻이 있어서 헷갈리는 경우가 많았다.

말은 분명히 해석하기 어려운 면이 있다. 의미를 해석하기 위해서 고민할수록 점점 더 혼란스러워진다. 가온이는 대화를 나눌 때 그런 수고를 들여야 하는 게 싫었다.

사람들이 말을 솔직하게 하지 못하는 데는 나름의 이유가 있을지도 모른다. 상대방을 배려하기 위해 그런 것일 수도 있고, 좋고 싫음을 명확히 밝히지 못하는 성격 때문인지도 모른다. 하여튼, 말에서 상대의 진실한 의도를 찾지 못하면 자연스럽게 말실수로 이어졌고, 뒤이어 온 변명과 거짓말이 오해와 다툼을 일으켰다. 짓궂은 말의 장난 같았다. 그래서 가온이는 비밀 일기를 쓸 수밖에 없었다. 비밀 일기장 속의 내 말은 해석하지 않아도 되니까. 가온이의 마음 그대로, 느낌 그대로 적으면 되니까.

비밀 일기를 쓰고부터는 말실수를 하는 일도 점차 줄어들었다. 자신이 말실수한 건지 아닌지 비밀 일기를 통해 확인할 수 있었기 때문이다. 그래서 비밀 일기장은 무엇보다도 소중했고 누구에게도 보여 줄 수 없었다. 비밀 일기장 속 이야기는 어쩌면 가온이가 바라보는 세상의 가장 진실한 모습인지도 몰랐다.

늦은 밤, 왠지 모를 불안함이 가온이의 마음 한구석을 채웠다. 어제는 체념하고 잠을 청했지만, 오늘은 그럴 수가 없었다. 너무나 많은 일이 귀찮게 따라다니며 고민거리를 만들었기 때문이다.

"이럴 때 비밀 일기를 써야 하는데……."

가온이는 잠자리에 들기 전에 비밀 일기를 썼다. 그날 하루를 되돌아보고 있었던 일과 누군가가 뱉은 말 뒤에 감춰진 진실을 하나씩 생각나는 대로 적어나가는 것이다. 또 수업 시간에 머릿속에서 온통 다른 생각들이 줄을 지어 떠오르고 선생님이 칠판에 글씨를 적고 있을 때 비밀 일기를 쓰기도 했다. 여기저기 눈치를 봐야 했지만, 이상하게도 그럴 때 비밀 일기에 더욱 집중할 수 있었다. 비밀 일기를 쓸 때처럼 수업에 집중한다면 성적이 쑥 오를 테지만 어찌 된 일인지 수업만 시작하면 잡생각이 끊이지 않고 계속해서 떠올랐다.

"도저히 안 되겠어."

가온이는 잠자리에서 벌떡 일어나 책상 앞에 앉았다.

컴퓨터를 켜고 고민을 상담해 준다는 사이트를 검색해서 접속했다. 선생님이 아무에게도 털어놓지 못하는 고민이 있을 때 이용해 보라고 알려준 사이트였다.

가온이는 사이트를 훑어보았다. 고민의 유형에 따른 항목이 분류되어 있었는데, 가온이의 고민은 분류된 항목 모두에 해당했다.

"정신 건강? 학교 부적응? 대인 관계? 성격? 모두 다 내 얘기 같아."

가온이는 공개 상담 코너에서 자신의 고민과 비슷한 사례를 찾아보았다.

"참, 별의별 고민이 다 있네."

고민의 양과 종류는 생각보다 많았다. 사람들의 생김새만큼이나 각자가 처한 환경이나 생각도 참 다양하다는 생각이 들었다.

"아무거나 한번 열어 보자."

대인 관계 항목에 남긴 누군가의 고민을 훔쳐보았다.

친했던 친구가 자신이 한 실수 때문에 절교를 선언하고 왕따를 한다는 얘기였다. 눈물 나도록 안타까운 사연이었지만 공감은 가지 않았다.

가온이는 전문 상담자가 남긴 답글을 펼쳐 보았다.

갈등 관계에 있는 친구에 대해 다음과 같이 문제해결 단계를 가지고 활용해 보기 바랍니다.

1단계 : 서로의 감정을 파악해 보세요.

화가 나거나 짜증이 날 때 자신과 상대방의 기분을 생각해 보세요. 자신과 상대방의 감정을 잘 알고 나면 감정을 다스리기 쉬울 뿐 아니라 문제를 이해하기도 훨씬 쉬워집니다.

2단계 : 문제를 파악해 보세요.

문제를 잘 알고 나면 해답이 보여요! 자신이나 상대방에게 왜 이런 감정이 생기게 되었는지 생각해 보고, 감정과 연결해 문제를 파악해 보세요. "나는 화가 나는데 이유는 영수가 별명을 부르면서 놀리기 때문이다."라는 식으로 생각해 보면 문제를 파악할 수 있지요.

3단계 : 해결책을 알아보세요.

문제를 해결하기 위한 목표를 세워 보세요. 그리고 목표를 달성하기 위한 해결책을 생각해 보세요. 가능한 많은 해결 방법을 생각해 보세요. 아무리 어려운 문제라도 잘 생각해 보면 해결 방법이 있습니다.

4단계 : 최선의 해결책을 골라 보세요.

자신이 생각해 낸 해결 방법들이 어떤 결과를 가지고 올지 따져보세요. 결과들을 천천히 검토해 보면 최선의 해결책을 찾을 수 있습니다. 잠깐, 아무리 좋은 해결책이라도 현실성이 없는 방법은 NO!

5단계 : 계획을 세워 실천해 보세요.

자신이 선택한 해결책에 대한 계획을 세우고 실천해 보세요. 그러고 그 방법이 최선이었는지 검토해 보세요. 자신의 선택이 잘못되었다는 것을 깨닫는 것도 문제를 해결하는 데 큰 도움이 됩니다.

"이게 뭐야!"

답변이 명쾌하지 않아서 답답했다.

상담사의 답변은 자기 스스로가 형편없는 사람이 아닌지를 확인해 보라는 것처럼 보였다.

"모두 다 교과서에 나올 법한 얘기잖아. 이런 말은 아무런 도움이 되지 않아."

가온이는 다른 고민도 펼쳐 보았다. 고민의 주된 내용은 하소연과 신세 한탄이 대부분이었다.

답글도 글쓴이의 얘기에 동의하는 척하다가 스스로 돌아보고 자신을 객관적으로 파악해 보라는 권유로 끝났다. 비밀 일기를 쓰는 것보다 나을 게 없었다.

"대화가 문제인데 대화로 갈등을 해결하라니!"

학교생활이나 친구 관계에서 불거지는 갈등의 원인은 대부분 서투른 대화 때문이다. 그런데 그 갈등을 해결할 수 있는 것도 결국 대화라니…….

문제를 해결할 방법을 알려 주는 게 아니라 문제를 더 복잡하게 만드는 것 같았다. 가온이는 자신의 고민을 상담하기가 망설여졌다.

'게임이나 한 판…….'

문득 승민이가 습관처럼 내뱉는 말이 생각났다.

"그래, 게임이나 하자. 고민이 날아가 버릴지도 모르니까."

가온이는 복잡해진 머리를 잠시라도 쉬게 하고 싶었다.

스트레스를 푸는데 게임보다 더 좋은 건 없었다. 온전히 게임

에만 집중하면, 아무런 생각도 나지 않고 스트레스도 날아가 버리니까. 물론 시간이 온데간데없이 사라져 버리는 부작용이 있긴 하지만······.

가온이는 인터넷 사이트를 돌아다니며 최대한 쉽고, 단순하며, 승패가 나뉘지 않을 만한 게임을 찾아보았다. 무한한 정보의 바다에서 헤엄을 치던 가온이의 마음을 한순간에 사로잡는 광고가 눈에 띄었다.

당신은 말을 하고 나서 후회한 적이 있나요?
돌이킬 수 없는 일 때문에 고민하고 있나요?
끊이지 않는 고민 탓에 잠을 이루기 힘든가요?
잠 못 드는 당신의 안락한 밤을 위한 단 하나의 선택!

-스텔라타로-

"이긴 딱 내 얘기잖아?"
가온이는 망설임 없이 사이트에 접속했다.

04 소원 성취 부적

그 광고는 자신의 상황을 한마디로 압축해서 보여 주는 것 같았다. 가온이는 오래전 헤어진 친구를 다시 만난 것처럼 반가웠다. 이름도 적당히 세련된 느낌이 들어서 마음에 들었고, 홈페이지 하단에 적힌 이메일 주소와 문구도 좋았다.

이메일 상담 환영
24시간 상담 대기
상담 비밀 보장
불만족 시 100% 환불 보장

고객을 위해서 24시간 잠도 안 자고 대기한다는 점, 상담을 이메일로 주고받으며 개인 정보를 철저히 보장한다는 점, 그리고 무엇보다도 가온이의 마음을 사로잡은 건 불만족 시 상담료 전액을 환불해 준다는 것이었다.

"정말 대단해."

프로 의식이 철저하지 않고는 '보장'이라고 쓸 수 없다는 생각이 들었다. 스텔라타로는 마치 가온이만을 위해 준비된 것 같았다.

가온이는 들뜬 기분으로 사이트를 여기저기 헤집고 다니며 탐색해 나갔다. 그러자 확신이 점점 강해졌다.

"이 사이트 정말 좋다! 회원 가입을 안 해도 되잖아?"

회원 가입한다고 주민등록번호와 전화번호, 집 주소를 일일이 입력하는 건 여간 짜증스러운 일이 아니었다.

"여기라면 내 고민을 털어놓을 수 있겠어."

가온이는 거침없이 자판을 두드리기 시작했다.

자꾸만 말실수하게 되어 비밀 일기를 쓰기 시작했다는 사연과 며칠 동안 주위에서 벌어진 일로 인한 답답한 마음을 두서없이 써 내려갔다.

얼굴도 본 적 없고 목소리도 들어 보지 못한 누군가에게 자신의 이야기를 털어놓으니 오히려 더 솔직해질 수 있었다. 불과 십여 분 만에 장문의 편지 한 통이 완성되었다. 비밀 일기를 쓰고 난 뒤처럼 생각이 정리된 느낌이 들어서 가온이는 흡족했다. 하지만 망실여지기도 했다. 니무나 정직한 내용이라서 자신의 이름을 적어야 할지 말아야 할지 고민되었기 때문이다. 한참을 고심한 끝에 신원 보장을 위해 닉네임을 사용하기로 하고 전송 버튼을 눌렀다. 그리고 재빨리 수신 확인을 해 보았다.

"와! 정말 24시간 대기하나 보네."

몇 초도 되지 않아 상대가 메일을 확인한 게 마냥 신기했다. 게다가 답장이 언제 올지 조바심을 내며 기다리지 않아도 되었다. 5분도 채 되지 않아 한 통의 메일이 도착했기 때문이다.

to. 정중앙양

당신의 고민은 다른 사람의 마음을 배려하지 않아서 생기는 것입니다. 말을 하기 전에 다른 사람의 입장을 한 번 더 생각해 보세요.

추신

좀 더 속 깊은 얘기를 나누고 싶다면 오픈채팅방을 사용해 주세요. 언제든 환영합니다.

from. 점성술사 스텔라

신속한 답장에는 조금 놀랐지만, 내용을 읽고 가온이는 어이가 없었다. 그리고 속았다는 사실에 화가 치밀어 올랐다.

"이건 누구나 할 수 있는 대답이잖아. 이런, 사기꾼 같으니라고!"

홍보를 위한 거짓 문구에 낚였다는 생각이 들자 불쾌한 기분이 들었다.

가온이는 핸드폰을 열고 점성술사의 오픈채팅방 주소를 등록했다. 속 깊은 얘기를 하기 위해서가 아니라 턱밑까지 차오른 분노를 모두 쏟아내기 위해서였다. 그렇게라도 하지 않으면 안락한 밤을 보낼 수 있을 것 같지 않았다.

분노를 터트려 속이 풀리면 스텔라타로 홈페이지의 문구가 거짓이 아닌 게 되니, 사기꾼의 처지에서도 손해 볼 게 없을 것 같았다.

마침 점성술사는 오픈채팅방에 접속한 상태였다.

정중앙 : 안녕하세요. 스텔라님. 지금 대화할 수 있는 거죠?
스텔라 : 아! 정중앙양이군요. 이름이 재미있어서 기억하고 있었어
　　　　요.

정중앙. 가온이의 닉네임이다.

'가온'은 '중심'이란 뜻으로 아빠가 '세상의 중심'이 되라고 지어준 이름이었다. 그래서 닉네임을 정할 때 별다른 고민 없이 '정중앙'으로 지었다. 아이들이 지어준 '가운'이나 '어중간'이란 별명보다는 훨씬 나았으니까.

'가온'이라는 이름이 싫은 건 아니었지만 그렇다고 쏙 맘에

드는 것도 아니었다. 어느 편에도 설 수 없고 언제나 균형을 잡 아야 한다는 강박 관념이 이름 때문에 생긴 것 같았기 때문이 다.

정중앙 : 답장 잘 받았어요. 그런데 점성술사 맞아요?
스텔라 : 왜 그런 말을 하죠?
정중앙 : 지금 장난하시는 거예요?
스텔라 : 내 상담이 마음에 들지 않았군요?
정중앙 : 사기꾼!

'사기꾼'이라는 단어를 쓰기 위해 큰 용기가 필요했는데 효과 가 있는 모양이었다.

스텔라 : 오해가 있었나 보군요. 그렇다면 사과할게요. 정중앙양의
        속 깊은 얘기를 직접 듣고 상담을 해 주고 싶었어요.
정중앙 : …….
스텔라 : 오해가 풀렸으면 이야기를 나눠 볼까요?
정중앙 : 네. 저, 저는…….
스텔라 : 특별한 것을 원하는 건가요?
정중앙 : 네, 말하자면 그런 거예요. 저한테 와 닿는 그런 거요.
스텔라 : 그럼, 이 파일을 받아 보세요.

점성술사가 파일을 전송하며 '수락'을 요청했다.

가온이는 '수락'을 눌러 파일을 받았다.

스텔라 : 인쇄해서 몸에 지니고 다니면 말실수를 줄일 수 있을 거
예요.

정중앙 : 부적 같은 건가요? 이건 할머니들이나 가지고 다니는 거
아니에요?

스텔라 : 어떻게 그런 무식한 소리를 할 수 있죠? 교양 없게.

정중앙 : 아! 교양······.

스텔라 : 부적은 신성한 거예요. 신통한 효험은 반드시 간절하고
절실히 믿는 사람에게만 돌아갑니다.

정중앙 : 네. 어떻게 하면 되죠?

스텔라 : 간단해요. 부적을 인쇄해서 몸에 지니고 다니세요.

정중앙 : 이 부적이 정말 절 지켜 주겠죠?

대답 대신 '스텔라님이 부재중입니다.'라는 문구가 떴다. 가온
이는 막 '사기꾼이라고 해서 죄송해요.'라고 말하려던 참이었다.
어른에게 너무 버릇없이 군 것 같았기 때문이다.

가온이는 점성술사를 오해한 것일지도 모른다는 생각이 들었
다. 가온이를 배려해서 오픈채팅방을 알려 주었고, 대화를 나누

는 내내 친절했으며, 버릇없이 굴었음에도 끝까지 상냥했다. 또 홈페이지에 적힌 문구 중 '이메일 상담 환영', '24시간 상담 대기', '상담 비밀 보장' 세 가지 모두 거짓이 아님을 확인했다. 가장 중요한 '불만족 시 100% 환불 보장'의 경우 아직 상담료를 지급한 게 아니니까 확인할 방법은 얼마든지 있었다.

가온이는 부적을 출력했다. 인쇄용지의 절반쯤 채우는 크기였고, 노란 바탕에 글자인지 그림인지 알 수 없는 기묘한 모양의 기호가 빨간색으로 그려져 있었다.

'이 부분을 잘라서 사용하세요.'라는 설명과 함께 가위로 자르는 곳이 굵은 선으로 그려 있었다. 가온이는 책상 서랍에서 꺼낸 가위로 부적의 네 면을 조심스럽게 잘랐다. 혹시라도 잘못 자르면 효험이 없어질까 봐 부적을 오리는 내내 손을 부들부들 떨어야 했다. 아랫부분을 오리다 보니 작은 글씨로 '효험이 있을 시 복채를 지급해야 함.'이라고 적힌 문구가 보였다.

"치사하게."

점성술사가 많은 금액을 요구할지도 모른다는 생각에 덜컥 겁이 났지만, 효험이 있는지 없는지는 가온이가 말하지 않는 한 누구도 알 수 없다. 그러니 효험이 없다고 딱 잡아떼면 된다.

가온이는 컴퓨터를 끄고 침대에 누워 눈을 감았다. 어디서 왔는지 모를 확신이 가온이의 밤을 평온하게 만들었다.

'부적이 있으니까 걱정하지 않아도 돼. 이제 모두 다 잘될

거야. '

가온이는 부적이 말실수를 막아주기를 간절히 소망하며 잠에 빠져들었다.

가온이는 온종일 말실수를 하지 않은 게 부적 덕분이라고 생각했다. 아이들도 비밀 일기장에 대해 아무런 이야기를 하지 않았다. 까맣게 잊기로 약속하기라도 한 걸까?

비밀 일기장의 주인이 누구인지 다들 눈치챘을 것이다. 그러나 다른 사람의 일기를 훔쳐보는 것도 옳은 일이 아니다. 그러니 누구 하나 나서서 말하지 못하는 것일지도 모른다.

가온이는 비밀 일기장이 누구 손에 있는지 궁금했다. 하지만 찾으려고 할수록 일이 더 불거질 거라는 생각이 들었다. 그래서 비밀 일기장을 기억에서 지워 버리기로 했다.

수빈이와는 여전히 서먹했지만 그래도 인사는 나눴다. 티를 내지는 않았지만 몇몇 여자아이들은 가온이와 수빈이의 눈치를 살피는 것 같았다.

마지막 수업이 시작되기 전까지 가온이의 하루는 비밀 일기장을 잃어버리기 전으로 돌아온 듯 평온했다. 그러나 사고는 생각지도 못한 곳에서 터지고 말았다.

"야, 너 지금 말 다 했어?"

수빈이의 앙칼진 목소리에 고개를 돌려보니 승민이가 짓궂은 농담으로 시비를 걸고 있는 게 보였다.

"야, 너 무슨 말을 그렇게 하니!"

"아이, 짜증 나!"

여자아이들은 한목소리로 비난을 퍼부었지만 승민이는 굴하지 않고 수빈이를 괴롭혔다.

"그래서 뭐 어쩌라고……. 솔직히 너희가 여자냐?"

승민이는 성별을 따지며 여자아이들을 모두 비난했다.

혐오를 드러내며 언어폭력을 가하는 승민이를 말리는 아이는 아무도 없었다. 나서기 좋아하는 민준이도, 바른말만 하는 수영이도 어찌 된 일인지 가만히 있었다.

가온이에게는 수빈이와의 서먹한 관계를 개선할 수 있는 좋은 기회였다.

"너 지금 성희롱하는 거 알고 있긴 하냐?"

가온이의 말이 승민이의 신경을 긁은 모양이었다.

"만날 게임만 하니까 저런 이상한 말만 하지. 변태 같아!"

"뭐? 너 뭐라고 했어? 다시 말해 봐."

누군가의 신경을 박박 긁는 일이라면 가온이도 자신 있었다.

"변태라고 했다."

말이 끝나기가 무섭게 승민이가 가온이의 손목을 낚아챘다.

"이거 안 놔?"

화들짝 놀란 가온이는 팔을 크게 저으며 뿌리치려 했다.

"애들 사생활 염탐이나 하고 다니는 주제에!"

승민이의 말에 가온이는 숨이 탁 막혔다. 얼굴은 새빨갛게 물들고 눈시울은 뜨거워졌다.

공개적으로 망신을 주겠다는 승민이의 속셈을 모르는 척 지나칠 수는 없었다.

"변태 새끼!"

"염탐꾼!"

가온이와 승민이가 실랑이를 벌이는 와중에 부적이 툭 떨어졌다.

부적을 본 승민이가 재빨리 낚아챘다.

"뭐야? 부적이잖아?"

승민이는 팔을 위로 뻗어 올리고 부적을 머리 위에서 이리저리 흔들어 댔다.

"너 귀신 보냐? 얘들아, 가온이 얘 부적 갖고 다닌다."

"너, 미쳤냐? 내놔."

가온이는 온 힘을 다해 펄쩍 뛰어올랐다. 하지만 한 뼘이나 더 큰 승민이의 손에서 부적을 낚아채기는 쉽지 않았다. 그래서 승민이의 정강이를 냅다 걷어찼다.

"악!"

승민이가 꼬꾸라지자 가온이는 승민이 손에서 삐져나와 있는 부적을 붙잡았다.

"이거 안 놔!"

"싫어. 내가 순순히 줄 것 같으냐?"

가온이가 뺏으려고 하자 승민이는 더 세게 움켜쥐었다.

가온이와 승민이의 힘겨루기에 결국 부적은 찢어지고 말았다.

분을 이기지 못하고 씩씩거리던 승민이는 찢어진 부적 반쪽을 바닥에 내동댕이쳤다.

"자, 가져가! 됐지?"

가온이는 화가 머리끝까지 치솟았다. 분하고 억울한 기분에 눈시울이 뜨거워졌다. 하지만 울지 않았다. 운다고 해결될 문제는 아니니까. 울음을 터뜨리면 자신만 처량해질 뿐이다. 그런 생각이 들자 분노는 순식간에 사그라지고 마음은 차분해졌다.

가온이는 싸늘한 표정을 하고 차가운 목소리로 무거운 말을 꺼냈다. 그것은 가온이가 해 왔던 말실수와는 전혀 다른 것이었다.

"꺼져버려. 너 같은 건 이 세상에서 영영 사라져 버렸으면 좋겠어!"

늦은 밤, 가온이는 오픈채팅방에 접속했다.

정중앙 : 스텔라님, 어떻게 하면 좋죠? 부적이 찢어져 버렸어요.

스텔라 : 음, 그랬군요.

정중앙 : 그래서 또다시 말실수하고 말았어요. 너무 후회돼요.

스텔라 : 이미 지나간 일이에요. 그러니 후회해봐야 소용없어요.

정중앙 : 제가 뱉은 말을 주워 담고 싶어요.

스텔라 : 한 번 뱉은 말은 다시 돌아오는 법이 없죠.

정중앙 : 시간을 되돌릴 수 있으면 좋겠어요.

스텔라 : 그러니까 조심했어야죠.

정중앙 : 저 자신한테 너무 화가 나요.

스텔라 : 음, 매우 속상했나 보군요.

정중앙 : 나 같은 아이는 아무짝에도 쓸모없는 것 같아요…….

스텔라 : 위험한 생각을 하는군요. 음, 방법이 없는 건 아니에요.

정중앙 : 네? 정말요?

스텔라 : 하지만 좀…….

정중앙 : 왜요? 뭐가 문제지요?

스텔라 : 문제는 정중앙양이 할 수 있느냐 없느냐예요.

정중앙 : 어려운 일인가요?

스텔라 : 모든 건 생각하기 나름이지요. 무엇보다도 정중앙양의 의
지가 중요해요.

정중앙 : 의지요?

스텔라 : 어때요? 할 수 있겠어요?

정중앙 : 네, 뭐든지 다 해 볼게요.

스텔라 : 그렇다면 말을 찾아가 보세요. 그리고 다시 돌아와 달라

고 부탁하는 거예요.

정중앙 : 말에게 부탁하라고요? 설마 '히이잉' 하고 달리는 말, 그
말은 아니죠?

스텔라 : 정중앙양은 준비가 아직 안 됐군요.

정중앙 : 아, 아니에요.

스텔라 : 준비가 되면 그때 다시 얘기해요. 그럼.

채팅창에 '스텔라님이 부재중입니다.'라는 문구가 떴다.

05 점성술사

전화벨이 요란하게 울리는가 싶더니 이내 잠잠해졌다.

진작 잠에서 깼지만 가온이는 여전히 침대에 몸을 파묻고 있었다. 맘껏 게으름을 피울 수 있는 토요일 아침이기도 했고, 어제일의 충격 때문인지 한동안 잠잠하던 아랫배의 통증도 다시 찾아왔기 때문이다.

전화벨이 다시 울렸지만 받지 않았다.

"가온아, 전화 안 받고 뭐 하는 거니?"

엄마가 문을 열고 방 안으로 들어왔다.

엄마를 따라서 닭볶음탕 냄새도 스멀스멀 기어들어 왔다. 갑자기 배가 고팠다.

"왜 안 받는 거야? 아까부터 계속 전화하잖아. 대체 누군데 그러니?"

누군지 알고 있어서 전화를 받기 싫었다.

“수빈이지 뭐.”

가온이가 미적거리자 엄마가 걱정스러운 표정을 지으며 물었다.

“무슨 일 있었어? 수빈이랑 싸웠니?”

“아니에요. 전화 받을 거예요.”

가온이는 엄마에게 나가달라는 손짓을 했다.

“밥 먹게 빨리 나와.”

엄마가 방을 나가자 가온이는 숨을 크게 한 번 내쉬고는 목청을 가다듬었다.

‘서먹한 관계를 해결하고 싶어서 전화했는지도 몰라.’

핸드폰을 집어 든 가온이는 다정한 어투를 내기 위해 입가에 억지 미소를 지었다.

“여보세요?”

“가온아, 왜 이렇게 전화를 안 받는 거야?”

“미안해. 지금 막 일어났어.”

“너 승민이 얘기 들었니?”

가온이의 입가에서 맴돌던 미소가 일그러졌다. 아침부터 전화해서 대뜸 한다는 소리가 승민이 얘기라니!

“그 변태 자식 일에 대해서 내가 알아야 하니?”

가온이는 짜증 섞인 목소리로 되물었다.

“네 기분 알아. 이런 일로 전화해서 미안해.”

수빈이의 목소리가 오늘따라 더 유난스러웠다.

"승민이 얘기는 안 했으면 좋겠어."

"가온아, 정말 미안해. 네 마음은 아는데… 수영이한테 전화 왔어. 승민이가 어젯밤에 집에 안 들어왔대."

"게임방에서 밤새 게임이나 했겠지."

"저기 가온아, 그러니까 그게… 승민이가 실종된 것 같아."

가온이는 잘못 들은 게 아닌지 자기 귀를 의심했다.

"뭐? 실종?"

"어젯밤에 나갔는데 집에 안 들어왔대. 그래서……."

잠시 말이 끊겼다. 수빈이의 목소리가 가냘프게 떨리기 시작했다.

"미안해, 가온아. 비상연락망하고 있는 거야. 그럼 끊을게."

가온이는 반쯤 넋 나간 채로 앉아서 끊어진 전화기에 대고 중얼거렸다.

"왜 그 얘길 나한테 하는 건데?"

"왜 그 얘길 나한테……."

"왜 나한테……."

"왜?"

'설마, 어제 내가 한 말 때문에 승민이가 사라졌다고 생각하는 거야! 어제 일로 가슴이 답답했는데 이런 식으로 상처를 주다

니!'

가온이는 전화를 건 수빈이가 원망스러웠다.

"내가 누구 때문에 승민이에게 그런 말을 한 건데? 내가 좀 심한 말을 했지만, 원인을 제공한 건 승민이야. 누가 보더라도 승민이의 잘못이 더 크다고. 그리고 싸움을 하다 보면 맘에 없는 말을 할 수도 있는 거 아니야?"

가온이는 자신의 처지를 하소연해 보았다. 하지만 불편한 마음은 가시지 않았다.

"내 탓이 아니야. 말이 안 되잖아! 그런 말을 했다고 해서 승민이가 갑자기 사라질 수는 없는 거라고!"

왠지 모르지만 승민이가 사라진 게 꼭 자신의 탓인 것만 같았다.

"어쩌면 수상한 아저씨가 납치한 걸지도 몰라."

자신의 처지를 해명할수록 자기 잘못이라는 생각만 커졌다.

"비밀 일기장을 잃어버리지만 않았더라면 이런 불행은 생기지 않았을 텐데……. 아! 시간을 되돌릴 수 있다면 얼마나 좋을까?"

얽히고설킨 사건의 실타래를 푸는 방법은 시간을 되돌리는 것뿐이었다. 순간, 점성술사의 말이 떠올랐다.

'말을 찾아가 보세요. 그리고 다시 돌아와 달라고 부탁하는 거예요.'

점성술사의 말이 가온이의 머릿속을 떠나지 않고 맴돌았다.

"그래, 말을 찾아서 돌아와 달라고 부탁하면 돼."

머리는 말도 안 되는 일이라고 생각했다. 하지만 마음속에서는 정 반대되는 믿음이 있었다.

가온이는 점성술사와 얘기해야 한다는 생각에 사로잡혔다. 현명한 방법을 제시해 줄 것 같았기 때문이다.

가온이는 배고픈 것도 까맣게 잊은 채 오픈채팅방에 접속했다. 점성술사는 기다리고 있었다는 듯이 물었다.

스텔라 : 도움이 필요한가요?

정중앙 : 스텔라님, 큰일 났어요.

스텔라 : 결심했나요?

정중앙 : 아, 네. 할게요. 어제 한 얘기요! 말을 찾아가 볼게요.

스텔라 : 그럴 거로 생각했어요. 정중앙양은 의지가 아주 강하니까
        요.

정중앙 : 말이 어딘가에 살아 있는 거죠? 그래서 제가 뱉어버린
        말을 찾을 수 있는 거죠?

믿기지 않는 얘기더라도, 꼭 사실이 아니더라도 가온이는 믿고 싶었다.

스텔라 : 그래요. 말은 놀라운 힘과 생명력을 갖고 있어요. 그래서

누군가에게 해를 입히기도 하고, 도움을 줄 수도 있죠. 정중앙양도 잘 알고 있잖아요.

정중앙 : 네, 알고 있어요. 그런데 말이 돌아와 줄까요?

스텔라 : 돌아올지 말지는 말이 결정할 거예요. 중요한 것은 정중앙양이 말속에 숨겨진 진실을 가려낼 수 있느냐는 거예요.

정중앙 : 말속에서 진실을 가려내야 한다고요?

스텔라 : 모든 말에는 의미가 있죠. 말에 숨겨진 진실을 찾아낼 수 있다면, 정중앙양은 원하는 것을 이룰 수 있을 거예요.

정중앙 : 말이 돌아와 주지 않으면 어떻게 하죠?

스텔라 : 믿음을 잃으면 안 돼요.

정중앙 : 그런데 말을 어디 가서 만나죠? 아니, 내가 한 말을 어떻게 찾아요?

스텔라 : 먼저, 말사냥꾼을 만나야 해요.

정중앙 : 말사냥꾼이요?

스텔라 : 말사냥꾼은 이 세상의 말을 모두 사냥하죠. 말사냥꾼이라면 아마도 정중앙양이 찾으려는 말의 행방을 알 거예요.

정중앙 : 말사냥꾼은 어디에 있어요?

스텔라 : 말사냥꾼을 찾는 건 쉬운 일이 아니에요. 늘 옮겨 다니기 때문이죠. 그러니 시간을 조정할 수 있는 자의 도움을

받아야 해요.

정중앙 : 시간을 마음대로 조정한다고요?

스텔라 : 그래요. 예전에 시간을 훔치던 사람이 있었어요.

정중앙 : 무슨 뜻인지 도무지 모르겠어요. 꼭 수수께끼 같아요.

스텔라 : 말사냥꾼은 시간과 공간을 초월해 이동해요. 그래서 시간과 공간을 초월한 누군가의 도움을 받아야 하는 거예요. 내 말이 무슨 뜻인지 알겠어요?

정중앙 : 내가 뱉은 말을 찾으려면 말사냥꾼을 만나야 하는데, 말사냥꾼을 만나려면 시간을 마음대로 조정하는 누군가의 도움을 받아야 한다는 얘기네요. 그렇죠?

스텔라 : 그래요.

정중앙 : 복잡하고 너무 막막해요.

스텔라 : 정중앙양을 도와주고 싶군요. 여기로 날 찾아오세요. 기다리고 있을게요.

점성술사가 파일을 전송하며 '수락'을 요청했다. 가온이는 '수락'을 눌러 파일을 받았다. 파일 전송이 끝남과 동시에 '스텔라 님이 부재중입니다'라는 문구가 떴다. 가온이는 오픈채팅방의 빈 화면을 맥없이 쳐다보았다.

점성술사는 자기 할 말만 마치면 오픈채팅방에 '부재중'이라는 메시지를 띄웠다. 그래서 언제나 하고 싶은 말을 끝맺지 못했다.

주도권을 빼앗기지 않으려는 걸까? 시작은 알지만, 끝은 알 수 없는 대화. 그것이 점성술사의 대화 방식이었다. 어쩌면 생각할 기회를 주는 건지도 몰랐다. 끝나지 않은 대화는 끊임없이 생각하게 했으니까.

"아무래도 직접 만나 봐야겠어."

파일을 열어 보니 약도였다.

"어라? 우리 집에서 가까운 곳이잖아?"

스텔라 타로는 가온이 집과는 반대 방향인 개천 산책로 끝자락에 있었다. 운동 삼아 몇 번 가본 적이 있었는데 걸어서 15분 정도면 도착하는 거리였다.

'이럴 때 비상금을 써야지.'

가온이는 서랍 깊은 곳에 숨겨둔 만 원을 꺼냈다.

"엄마, 잠깐 나갔다 올게요."

"얘, 밥도 안 먹고 어딜 가?"

"수빈이네 집에 가요."

가온이는 어쩔 수 없이 거짓말을 했다. 사실대로 말해 봤자 엄마는 이해하지 못할 테니까.

"밥은?"

"수빈이랑 떡볶이 만들어 먹기로 했어요."

"알았어. 그럼, 학원에 가기 전에 들어와."

막 나서려는데 엄마가 다시 부르더니 가온이 손에 무언가를 꼭 쥐여 주었다. 꼬깃꼬깃 접힌 만 원짜리 지폐 한 장이었다.

"가온아, 엄마 조금 있다가 희수 이모네 갈 거야. 굶지 말고 맛있는 거 사 먹어. 알았지?"

가슴이 뭉클했다. 눈시울이 붉어져 당장이라도 울음이 터져 나올 것만 같았다. 마음이 약해져서 모든 걸 다 털어놓고 싶었지만, 엄마의 마음을 아프게 할 수 없었다.

"엄마, 사랑해."

가온이는 그 말을 뱉어 놓고 냉큼 달려 나왔다.

"어머! 별일이야."

엄마의 웃음 섞인 목소리가 귓가에서 맴돌았다.

집과 가까운 곳이긴 했지만, 약도만 봐서는 어디인지 정확히 분간할 수 없었다. 개천 산책로를 빠져나와 큰길을 건넌 뒤부터 약도는 아무 소용없었다. 하긴 이런 곳을 어떻게 약도로 그릴 수 있었겠는가!

꼬불꼬불한 골목길이 거미줄처럼 사방으로 뻗어 있고, 그 길을 따라 집들이 성냥갑처럼 다닥다닥 붙어 있는 곳, 스텔라 타로는 재개발을 앞둔 허름한 동네에 자리 잡고 있었다.

"아직도 이런 동네가 있다니!"

큰길 하나를 건넜을 뿐인데 완전히 다른 세상이었다.

골목 입구마다 온갖 현수막이 걸려 있었는데, 형형색색의 현수막은 운동회 때 달아 놓는 만국기처럼 제각각이었다.

'경축! 도시환경정비 사업 정비구역 지정'
'주민 부담금을 공개하라! 주거권 사수 국민 연대'
'투자 상담' '땅'

"여기 살던 사람들은 모두 어디로 간 걸까?"
주민의 절반이 떠나 버린 동네는 죽어 가는 것처럼 생기를 잃었다. 휑한 동네였지만 그래도 삶이 지속되고 있다는 것을 느끼게 해 주는 것은 사람이 사는 집에서나 볼 수 있는 화초 때문이었다. 이곳에 남은 사람들은 화초를 키우며 마을에 생기를 불어넣기 위해 안간힘을 쓰고 있었다.
"이러다가 온종일 헤매겠다. 저기 가서 물어봐야겠어."
골목 어귀에 있는 작은 가게는 동네에 생기를 불어넣는 집 중 단연코 돋보이는 곳이었다. 동네에서 유일한 가게라서 그나마 사람들의 발길이 있을 것 같았다.
문을 열자 고개를 끄덕이며 졸고 있는 아줌마가 보였다.
"아줌마, 길 좀 여쭤볼게요!"
인기척에 놀란 아줌마는 가온이가 물건을 사러 온 게 아니라는 걸 알자 실망한 표정이었다. 미안한 마음에 가온이는 냉장고에서 탄산음료를 꺼냈다. 시원할 줄 알았는데 미지근했다.

"음, 천원."

아줌마는 졸음을 쫓으려고 눈을 비비며 말했다.

"혹시, 스텔라 타로가 어디에 있어요?"

아줌마는 가온이를 위아래로 한번 쑥 살펴보더니 되물었다.

"점집 말이니?"

"아, 네……."

가온이는 마지못해 '네'라고 대답했다. 아줌마는 타로도 일종의 점이라고 생각하는 모양이었다.

"이 오르막길로 20미터쯤 올라가면 양 갈래 길이 나와. 거기서 오른쪽 길로 들어서서 30미터쯤 내려가면 차가 다니는 큰길이 나와. 그 차도를 따라가다 하나둘 셋 넷……."

아줌마가 말을 하다 말고 골목 수를 세기 시작했다.

"다섯 번째 골목으로 들어가서 쭉 가다가 막다른 길이 나오면 왼쪽으로 꺾어. 그러면 초록색 문이 있어. 거기야."

"아, 네."

가온이는 가게를 뛰쳐나왔다. 시간이 지날수록 들었던 길 안내를 까먹을 것 같았기 때문이다.

가온이는 내비게이션 같은 아줌마의 안내를 떠올리며 신중히 길을 찾아 나갔다. 이렇게 많은 계단과 언덕을 오르내린 것은 난생처음인 것 같았다. 마치 등산을 하는 기분이라고나 할까?

다리가 아프다는 것과 비지땀이 흐르고 갈증이 난다는 것은 등산할 때와 똑같았다. 한 가지 다른 점은 숲의 향기와 시원한 바람 대신 퀴퀴한 냄새가 코끝을 자극한다는 점이었다.

"드디어 찾았다!"

스텔라 타로 상담

집 앞에 걸린 작고 낡은 간판이 목적지의 도착을 알려 주었다. 아줌마의 길 안내는 훌륭하고 만족스러웠다. 기세등등하게 서 있는 초록색 대문과 마주치자 높은 산을 정복한 것처럼 성취감이 들었다.

스텔라 타로는 재개발 구역인 이 동네에서 흔히 볼 수 있는 주택 중 하나였다. 이곳의 분위기와 너무나 잘 어울려서 이곳이 아닌 다른 장소에 있을 거라고는 상상할 수 없을 정도였다. 이런 초라한 곳에서 인터넷 사이트를 운영한다는 게 왠지 어울리지 않을 정도였다.

찾아올 때만 해도 막연한 희망으로 가슴이 부풀어있었는데, 막상 와보니 헛된 희망을 품었는지도 모른다는 생각이 들었다.

"거기 계속 서 있을 거니?"

들어가야 할지 말아야 할지 고민하고 있는데 어디선가 가온이를 부르는 목소리가 들렸다.

"네?"

뒤를 돌아보니 퉁퉁한 아줌마 한 분이 서 있었다. 언젠가 길에서 보았던 것 같은 낯익은 인상을 풍기는 평범한 아줌마였다. 동그란 얼굴에 커다란 눈, 동그란 콧망울과 도톰한 입술. 전체적으로 둥글다는 인상이 강하게 풍기는 얼굴이었다.

"잘 찾아왔구나."

가온이는 깜짝 놀라 뒷걸음쳤다.

"네? 혹시 아줌마가 스텔라 점성술사?"

아줌마는 엷은 미소로 대답을 대신했다.

"닉네임 정중앙. 말사냥꾼을 찾으려는 학생이지?"

"네, 네."

가온이는 자신을 한눈에 알아보는 점성술사 때문에 얼떨떨한 기분이 들었다.

"제가 올 거라는 걸 알고 계셨어요?"

가온이가 묻자 점성술사가 대답했다.

"그럼, 내가 오라고 약도까지 보냈잖니."

06 타임조커

"우선 여기에 앉아라."

점성술사가 빨간 방석을 내밀었다. 가온이는 무릎을 꿇고 앉았다. 어쩐지 예의를 갖춰야 할 것 같았다.

"갈증이 많이 날 텐데 차라도 한잔 갖다줄게."

점성술사가 나가자 가온이는 방안 구석구석을 살폈다.

검은색 커튼이 드리워져 어두운 방, 신비한 빛을 뿜는 수정 구슬, 긴 생머리에 새하얀 얼굴과 뚜렷한 이목구비, 검정 매니큐어가 칠해진 가느다란 손가락과 옷과 머리에 치렁치렁 매달린 다양한 장신구…….

점성술사는 가온이가 상상했던 모습과 비슷한 점이 하나도 없었다. 밝은 빛이 들어오는 방과 부적이 덕지덕지 붙은 벽면, 한가운데 떡하니 자리를 차지하고 있는 앉은뱅이책상, 창문 앞에 축 늘어져 있는 촌스러운 꽃무늬 커튼, 신비로움이라고는 찾아볼 수 없는 외모…….

'내가 대체 뭘 생각한 거지?'

상상과 현실의 차이가 너무 커서 당혹감과 실망감이 교차했다.

점성술사가 얼음을 띄운 차를 내왔다.

가온이는 갈증이 난 터라 단숨에 들이켰다. 은은한 향이 코끝을 지나가자 텁텁한 맛이 혀를 감쌌다.

"인도에서 가져온 차야. 입맛에 맞을 것 같아서 내왔는데 이상하니? 다른 걸로 가져다줄까?"

"아니요, 괜찮아요. 오묘한 맛이긴 한데 향은 좋네요."

점성술사가 미소를 지었는데 입가에 가느다란 보조개가 들어가 세련된 느낌이 들었다.

"꼭 차 전문가처럼 말하는구나. 그건 그렇고 오는 길은 힘들지 않았니?"

보내준 약도는 별 도움이 되지 않았다고 말하려다가 예의가 아닌 것 같아서 꾹 참았다.

"가게에 물어보면서 왔어요."

점성술사가 가온이를 뚫어져라 쳐다보더니 입을 열었다.

"예쁘게 생겼네."

칭찬인 것 같았지만 그렇다고 '네'라고 대답하기가 쑥스러워 화제를 바꾸었다.

"제 이름은 '정가온'이에요. '가온'은 '중심'이란 뜻이래요. 아빠가 세상의 중심이 되라고 '가온'이란 이름으로 지으셨대요. 그런데 어떻게 그렇게 확신하셨어요? 제가 안 올 수도 있었잖아요? 아줌마가, 아니……."

"편하게 불러도 좋아."

"점성술사님이 부재중으로 되어 있어서 찾아가겠다는 얘기를 못 했는데……."

가온이는 말꼬리를 흐렸다.

대답하기가 곤란한지 점성술사가 말을 돌렸다.

"좋은 이름이구나. '가온'이란 말은 히브리어로 '탁월하다', '뛰어나다'라는 뜻으로 쓰이지. 유대교의 정신적 지도자들이나 학자들에게 주어졌던 칭호이기도 하고. 이스라엘에서는 위대한 사람을 '가온'이라고 한단다."

"아! 그렇게 멋진 뜻이 있는지 몰랐네요. 그나저나 아줌마는 점쟁이예요? 가게 주인이 점집이라고……."

가온이는 '아차!' 싶었다.

"죄송해요. 또 말실수했어요."

가온이는 말이 제멋대로 어디로 튈지 몰라서 안절부절못했다.

점성술사는 눈을 지그시 감고 입을 열었다.

"타로를 점이나 미신 차원으로 생각하면 안 돼. 타로는 미래에 대해 단정적으로 말하지 않는단다. 미래는 스스로 만들어 가는 것이기 때문에 누구도 알 수 없지."

"네?"

"책임을 회피하려고 누군가의 지시를 따르는 것은 성숙하지 못하다는 증거야. 나는 가온양이 부적이나 다른 누군가에게 의지하지 않고 자기 스스로 돌아볼 수 있도록 하고 싶었단다. 그래서 약도를 보낸 거고."

점성술사의 말에는 사람의 마음을 잡아끄는 이상한 힘이 있었다.

"자기 안에 숨겨진 힘을 발견하도록 도와주는 것. 내 역할은 그게 전부란다. 나를 찾아온 건 가온양의 의지야. 가온양은 자기 행동에 책임지려고 노력한 만큼 어른스럽다는 얘기지."

가온이는 한시도 눈을 떼지 못하고 점성술사의 말에 집중했다.

"타로는 삶의 지침서이자 가르침의 도구일 뿐이야. 같은 타로의 그림을 보여 줘도 사람들은 다르게 해석한단다. 해석은 자기의 마음을 표현하기 마련인데 사람의 마음이 제각각이기 때문이지."

가온이는 딱 꼬집어 말할 수는 없지만, 말과 타로가 닮은 구석이 있다는 생각이 들었다. 타로가 제각각 다르게 해석되는 것처럼 입 밖으로 뱉어진 말도 듣는 사람의 해석에 따라 달라지기 때문이다.

"두려움을 가질 필요 없어. 시간은 흐르는 강물 같단다. 모든 것은 지나가 버리지."

말을 마친 점성술사는 촛불을 껐다.

"준비됐니?"

점성술사는 의식을 하듯 혼자서 중얼거리더니 자세를 고쳐 앉았다. 허리를 곧게 펴고 양 무릎 위에 손을 가지런히 내려놓았다. 이제 가온이 차례였다. 가온이는 질문을 던졌다.

"말사냥꾼은 어디서 찾죠?"

"말의 종류는 아주 많아."

점성술사의 표정이 무섭게 돌변했다. 조금 전의 친절함은 온데간데없었다.

"가벼운 말과 무거운 말, 비밀스러운 말, 그 밖에도 많은 말이 있지. 그래서 그 말을 사냥하는 말사냥꾼도 여러 명이 있어."

점성술사의 목소리에서 굵고 묵직한 힘이 느껴졌다. 사람의 목소리가 아니라 마치 깊은 동굴에서 메아리치며 울려 퍼지는 소리 같았다.

"시간을 초월하는 사람이 있다고 했잖아요. 그 사람이 말사냥꾼을 찾을 수 있게 도와줄 거라고……."

"그래, 기억하고 있구나."

"시간을 조정하는 사람은 어디서 찾지요?"

점성술사는 여러 장의 타로카드를 펼쳐 보였다.

"네가 원하는 카드를 골라 봐."

점성술사의 얼굴은 의식이 시작되기 전과 확연히 달라 보였다. 크고 깊은 눈매, 오뚝한 콧날, 얇은 입가에 걸린 씨늘한 미소, 뾰족한 턱선 주위로 신비로운 빛이 났다.

가온이는 아홉 장의 카드 중 다섯 번째 카드를 골랐다.

점성술사가 다섯 번째 카드를 뒤집었다. 눈물을 흘리며 웃고 있는 피에로가 저글링을 하는 그림이 그려진 카드였다.

"운이 좋구나. 조커를 골랐어."

점성술사가 말을 이었다.

"광대는 억눌려 있는 형상이지. 눈물은 고난을 상징하니 혼란이 가득하구나. 저글링은 씨실과 날실이며 웃음은 성공을 의미하니, 일을 진행할 때는 신중해야겠구나. 변수가 있을 수 있지만, 광대는 시간을 훔치지 못한 적이 없지."

무슨 뜻인지는 잘 몰랐지만 좋다는 의미인 것 같았다.

"잘 가지고 있어라."

가온이는 카드가 마음에 들지 않았다.

"그러시지 않아도 되는데요."

점성술사가 손가락으로 입을 가리며 조용히 하라는 신호를 보냈다.

"쉿! 그 카드는 밀사냥꾼을 찾기 위한 열쇠야."

가온이는 대답 대신 고개를 끄덕였다.

"운명이 널 선택했어."

가온이는 점성술사의 눈치를 살피며 물었다.

"그런데 이 카드로 어떻게 말사냥꾼을 찾죠? 이 카드가 열쇠라면 자물쇠는 어디 있죠?"

"그 카드를 절대 잊어버리지 마라."

"그러니까 어떻게 쓰냐고요."

"그건 저절로 알게 될 거야. 인제 그만해야겠다."

말을 마친 점성술사의 자세가 갑자기 흐트러졌다. 점성술사를 지탱하던 보이지 않는 힘이 쑥 빠져나가기라도 한 것 같았다.

"다 끝난 건가요?"

"그래, 그만 가도록 해. 난 좀 쉬어야겠다."

점성술사는 기운 없는 목소리로 말했다.

가온이는 너무 허탈했다. 점성술사를 만나면 뭔가 뾰족한 방법을 찾을 수 있을 것 같았는데 달라진 게 하나도 없었다.

엄숙한 분위기 속에서 침묵이 이어졌다. 궁금한 게 많았지만, 물어볼 엄두가 나지 않았다.

"한 가지 명심해야 할 게 있어."

점성술사가 입을 열었다.

"말은 교활해서 거짓말을 밥 먹듯이 하지. 가온양이 찾는 말도 마찬가지야. 말은 가온양을 꾀어내려고 사탕발림을 할 거야. 거짓말을 하고 그것도 안 되면 애원하겠지. 그래도 절대로 넘어가서는 안 돼."

"네. 알겠어요."

가온이는 건성으로 대답하고는 자리에서 일어났다. 그리고 복채로 쓸 비상금을 꺼내려고 주머니에 손을 넣었다.

"그런 건 필요 없어."

점성술사는 가온이의 행동을 꿰뚫어 보기라도 한 것 같았다.

"고민거리가 다 해결되면 그때 한 번 들러 주겠니?"

"네."

가온이는 주머니에 손을 꽂은 채 꾸벅 인사를 하고 방에서 나왔다.

대문 밖을 나서던 가온이는 무심결에 뒤를 돌아보았다. 그리고 열린 문틈으로 점성술사 아줌마를 보고 고개를 갸웃거렸다.

"이상하다? 어딘가 달라진 것 같은데……."

가온이는 점성술사가 첫인상과 다르다고 느꼈다. 점성술사의 얼굴을 기억하려고 해 보았지만 어렴풋한 느낌만 떠오를 뿐이었다.

가온이는 집으로 가는 내내 주머니 속의 카드를 만지작거렸다.

"바보 같아. 이상한 이야기나 믿고. 내 머리가 좀 어떻게 된 건 아닐까?"

말도 안 되는 얘기라는 생각이 들었고, 동시에 점성술사의 말이 사실이었으면 좋겠다는 생각도 들었다. 두 가지 다른 생각이 마음을 저울질하며 머리를 어지럽혔다.

"솔직히 점성술사와 한 이야기가 무슨 소린지 하나도 모르겠어. 하지만 시도해 보지 않고서는 알 수 없는걸?"

이렇게 된 마당에 포기하기는 너무 아까웠다. 가온이는 속는 셈 치고 말사냥꾼을 찾아보자고 마음먹었다.

집에는 아무도 없었지만 가온이는 방문을 꼭 잠갔다.

책상 앞에 앉은 가온이는 카드를 꺼내 놓고 유심히 살펴보았다.

"다시 보니까 아주 오래된 카드구나?"

카드는 오랜 시간을 견뎌냈는지 생채기가 가득했다. 저글링을 하는 피에로는 감탄사가 나올 만큼 세밀하게 그려져 있었다. 피에로의 옷은 낡고 색이 바랬지만 표정은 당장이라도 그림에서 빠져나와 움직일 듯 사실감이 넘쳤다. 이유는 알 수 없지만, 카드 그림은 가온이의 마음을 사로잡았다.

"이건 뭐지?"

피에로가 던지고 노는 공에 빗금이 쳐져 있었다. 가온이는 카드를 좀 더 자세히 보기 위해 스탠드를 켜고 불빛 가까이 가져갔다.

"이건 시곗바늘이잖아?"

빗금이라고 생각했던 것은 시곗바늘이었다. 그러니까 피에로의 손에 들려 있는 것은 공이 아니라 시계였다.

"시계로 저글링 하는 피에로, 시간을 가지고 노는 피에로? 설마……."

문득 점성술사 아줌마가 했던 말이 떠올랐다.

'광대는 시간을 훔치지 못한 적이 없어.'

가슴이 쿵쾅거리며 뛰기 시작했다.

"어쩌면, 시간을 조정하는 사람이 바로 이 피에로일지도 몰라!"

기쁨은 오래가지 않았다. 카드가 어떻게 말사냥꾼을 찾는 열쇠가 되는지 알 수 없었기 때문이다.

한참을 고심하던 끝에 내린 결론은 카드 속 피에로에게 기도해 보는 것이었다. 무모해 보였지만 해 본다고 손해 볼 것은 없었다. 며칠 새 말도 안 되는 일을 무수히 겪었으니까.

"피에로님, 말사냥꾼을 찾을 수 있게 도와주세요."

말을 마친 가온이는 책상 위에 있는 알람 시계를 쳐다보았다. 초침이 느긋하게 한 바퀴를 다 돌 때까지 눈을 떼지 않았지만 아무런 변화도 없었다. 열이 올라 얼굴이 화끈거리고 입안이 타들어 갔다. 말도 안 되는 일에 내심 기대를 거는 자신이 한심스러웠다.

"내가 제정신이 아닌 것 같아. 도대체 뭘 바란 거야?"

가온이는 자신이 누군가에게 의지하려고 한다는 것을 깨달았다. 그건 점성술사의 말처럼 성숙하지 못한 일이었다.

가온이는 카드로 부채질을 하며 부엌으로 갔다. 카드를 식탁 위에 올려놓고 냉장고에서 차가운 물을 꺼내 컵에 따랐다. 물을 벌컥벌컥 들이켜고 컵을 식탁에 내려놓는데 그만 물이 쏟아지고 말았다. 그 바람에 카드가 흠뻑 젖었다.

"아! 나는 왜 하는 일마다 실수투성이지?"

가온이는 자신이 한심하고 처량한 생각이 들었다. 행주로 식탁과 바닥의 물기를 닦다 무심결에 카드를 바라보았다. 순간 등줄기로 소름이 확 돋았다. 피에로가 사라지고 없었기 때문이다.

"뭐야? 내가 지금 꿈을 꾸고 있는 건가?"

가온이는 얼른 눈을 비비고 카드를 다시 바라보았다. 여전히 피에로의 모습은 보이지 않았다. 흐릿한 윤곽만이 피에로가 그 자리에 있었다는 사실을 알려줄 뿐이었다.

"에…, 에……."

어디에선가 소리가 들려왔다.

"엄마?"

가온이는 조심스럽게 집안을 살펴보았다. 안방, 화장실, 가온이 방, 그리고 다시 부엌……. 집 안에는 아무도 없었다. 그런데 갑자기 인기척이 느껴졌다.

'뭐지? 분명히 아무도 없었는데. 혹시?'

등 뒤에 누군가 서 있다는 확신이 들자 등골이 오싹해졌다. 절대 뒤를 돌아보지 말아야겠다고 다짐한 순간!

"에취!"

가온이는 재채기 소리에 깜짝 놀라서 무심결에 뒤를 돌아보았다.

"앗! 너, 너는⋯⋯."

물에 흠뻑 젖은 피에로였다.

"조심했어야지! 내가 수백 번, 수천 번도 넘게 말했잖아. 카드를 함부로 다루지 말아 달라고. 제발 내 얘기에 귀를 좀 기울여줘."

피에로가 다짜고짜 불만을 터트렸다.

"어, 미안해요."

가온이는 얼떨결에 옆에 있는 행주를 집어서 피에로의 젖은 옷을 닦아주었다.

"됐어! 됐다고."

피에로는 가온이 손에서 행주를 낚아채 자기 옷을 닦기 시작했다. 가온이는 얼떨떨한 기분이 들었다.

'점성술사가 한 말이 모두 사실이었어.'

가온이는 피에로를 모자 끝에서 발끝까지 죽 훑어보았다. 카드 속에서 튀어나온 모습 그대로였다. 색 바랜 옷차림에 괴상한 모자, 새하얀 칠로 분장을 한 얼굴, 한가운데 솟아 있는 빨간 코는 생크림 케이크 위에 장식된 딸기 같았다.

가온이의 눈길이 따갑게 느껴졌는지 피에로는 뒤로 한 발짝 물러섰다.

"그만 쳐다봐. 뚫어지겠다. 내가 수백 번, 수천 번도 넘게 말했잖아. 그건 그렇고, 넌 누구지?"

피에로는 저글링을 시작하며 물었다.

"내 이름은 가온이에요. 정가온."

가온이는 새침한 말투로 대답했다.

"음, 내가 만났던 사람 중에도 '가온'이 있었지. 그는 할아버지였는데 사람들에게 존경받는 학자였어."

"아저씨는 이름이 뭐예요?"

"난 이름이 많아. 날 만났던 사람들이 모두 하나씩 지어줬거든. 그러니 네가 좋을 대로 불러. 그런데 사람들은 왜 이름을 지어주는 걸 좋아할까?"

가온이에게 이름 짓기만큼 쉬운 건 없었다. 골똘히 생각하던 가온이는 잠시 뒤 미소를 지으며 입을 열었다.

"이건 어때요? 타임조커!"

07 말사냥꾼

"그래? 뭐 나쁘진 않네!"

타임조커는 성의 없이 대답했지만, 자신이 지어 준 이름에 만족하는 것 같아서 가온이는 뿌듯했다.

"그럼, 서둘러 볼까?"

타임조커의 말에 가온이가 되물었다.

"왜요?"

"가온이 너 정신이 없구나. 말사냥꾼을 찾고 싶다며? 그럼 서둘러야 해. 시간은 눈 깜짝할 사이에 지나간다고. 내가 수백 번, 수천 번도 넘게 말했잖아."

가온이는 타임조커를 오늘 처음 만났다. 타임조커가 내뱉는 '수백 번, 수천 번도 넘게 말했잖아'라는 말은 아마도 습관인 듯했다.

"하지만 어떻게 찾죠? 말사냥꾼은 시간과 공간을 초월해 이동

한다고 하던데⋯⋯."

도와주려는 마음은 고마웠지만, 제아무리 타임조커라 해도 시간과 공간을 초월하는 말사냥꾼을 찾을 수는 없을 것 같았다.

"지금 시간을 멈췄잖아."

타임조커의 말에 가온이는 시계를 쳐다보았다. 정말 시곗바늘이 멈춰서 움직이지 않았다. 그제야 가온이는 주위가 너무나 조용하다는 사실을 깨달았다. 귀를 기울여봤지만 아무런 소리도 들리지 않았다.

가온이는 얼른 창가로 달려가 밖을 내다보았다. 차와 사람이 모두 멈춰 서 있었다. 시간과 색깔이 무슨 연관이 있는지 모르지만, 시간이 멈춘 세상은 온통 회색빛이었다.

"점성술사 아줌마의 말이 모두 다 맞았어. 타임조커가 바로 시간을 초월하는 사람이야!"

가온이는 실마리를 찾은 기쁨에 소리쳤다.

"그만 꾸물거리고 빨리 따라와. 시간이 멈춰 있는 동안 일을 끝내려면 서둘러야 해. 내가 수백 번, 수천 번도 넘게 말했잖아."

타임조커는 손가락으로 따라오라는 신호를 하며 말했다.

가온이는 두말없이 타임조커를 따라 길을 나섰다. 의심도 낯선 느낌도 없이 모든 게 자연스러웠다.

길을 걸어가는 내내 움직이는 것은 아무것도 없었다. 바람도 없었고 냄새도, 소리도 없었다. 모든 것이 정지한 세상은 고요하고 적막하기만 했다.

 "저기, 타임조커. 바쁜 사람처럼 왜 그렇게 서두르는 거예요? 타임조커는 시간을 마음대로 초월하는 사람이잖아요."

 가온이는 호기심을 참지 못하고 물었다. 시간이 멈췄는데도 불구하고 시간에 쫓기는 듯한 타임조커의 행동이 이해되지 않았기 때문이다.

 "왜 서두르느냐고? 그야 시간을 계속해서 붙잡아 둘 수는 없으니까 그렇지. 시간을 오래 붙잡아 놓으면 끔찍한 일이 생겨."

 "끔찍한 일이 생긴다고요?"

 "그래, 온 세상이 자기 색깔을 잃어버리게 돼. 모두 회색빛이 되고 만다고."

 "색깔을 잃어버린다고요?"

 기온이는 주위를 찬찬히 둘러보았다. 그리고 시간을 멈추는 일이 결코 좋은 것만은 아니라는 생각이 들었다. 멈춰 서 있는 사람은 모두 종이 인형처럼 회색빛이었기 때문이다.

 "네, 정말 끔찍한 일인 것 같아요."

 "그나저나 가온이 너는 왜 말사냥꾼을 찾으려고 하는 거야?"

 타임조커가 물었다.

 "내가 뱉은 말을 찾으려고요."

"뱉은 말을 찾아서 뭐 할 건데?"

"다시 돌아와 달라고 부탁해 보려고요."

"그래? 그거 시간 좀 걸리겠군."

타임조커는 고개를 갸우뚱거리며 중얼거렸다.

집에서 나온 가온이는 타임조커를 따라 걷기 시작했다.

가온이는 자꾸만 웃음이 나왔다. 타임조커와 말을 찾는 모험을 한다고 생각하니 신이 났다. 그리고 뒤뚱거리며 걷는 타임조커의 우스운 걸음걸이도 웃음이 나게 했다.

"너 왜 자꾸 웃는 거야? 기분 나쁘게."

"걸음걸이가 꼭 춤을 추는 것 같아요."

"춤추는 거 같은 게 아니라 춤을 춘 거야. 나는 기쁠 때나 슬플 때나 사람들에게 웃음을 줘야 하는 운명이거든. 분장을 하는 것도 감정을 숨기기 위해서지."

타임조커는 멈춰 서서 모자를 벗고 손을 가슴에 얹었다. 그리고 허리를 숙여 공손히 인사했다.

"나와 함께 춤을 추시겠어요?"

말을 마친 타임조커가 춤을 추기 시작했다. 시간이 멈춘 세상을 배경으로 타임조커의 멋진 춤사위가 펼쳐졌다.

"우와! 정말 잘 추는데요?"

가온이는 흥에 겨워 박수로 박자를 맞춰 주었다.

소리가 사라진 세상에서 타임조커의 몸짓은 아름다운 선율이었고, 음악이었다. 그리고 잿빛 세상을 다채로운 색으로 물들이는 마법의 손길이었다.

타임조커는 시작할 때처럼 공손한 인사로 마무리를 했다.

"세상에! 태어나서 이렇게 멋있는 춤은 처음 봤어요. 정말이에요."

가온이의 칭찬에 타임조커는 어깨를 으쓱해 보였다.

"난 춤 말고도 잘하는 게 많지. 박자 맞추는 거 보니까 가온이도 제법 잘하던걸?"

"아니에요. 그냥 나도 모르게 신이 났어요. 사실 전 특별히 잘하는 게 없거든요. 항상 말실수만 하고…….'

갑자기 우울한 기분이 들어 말을 끝맺지 못했다. 괜히 말을 꺼냈다는 생각도 들었다.

"그렇지 않아. 누구나 잘하는 게 하나쯤은 있어. 그건 자신만이 가진 특별한 능력이지. 그래서 세상의 모든 것은 다 특별해."

"글쎄, 저는 잘 모르겠어요. 뭘 잘하는지도 모르겠고, 앞으로 뭘 해야 할지도 몰라요."

수빈이나 엄마, 아빠 그 누구에게도 털어놓지 못한 솔직한 마음이었다.

"하지만 타임조커와 함께 있으니까 내가 아주 특별해진 것 같은 기분이 들어요."

"나랑 있어서 그런 게 아니야. 내가 너를 만날 수 있었던 건 네가 특별하기 때문이니까."

"제 기분 맞추려고 하지 않아도 돼요."

가온이는 타임조커의 칭찬을 있는 그대로 받아들일 수 없었다. 말의 뒤에는 숨겨진 의미가 있다는 걸 잘 알고 있었기 때문이다.

'푸드득. 구구'

어디선가 살아 움직이는 생명의 소리가 들려왔다.

"비둘기예요! 비둘기들이 날갯짓하고 있어요."

시간이 멈추고 소리와 색깔이 사라진 세상에서 비둘기 소리라니! 가온이는 비둘기를 찾아보기 위해 귀를 쫑긋 세웠다.

"타임조커! 시간이 멈춰 있는데 비둘기들은 어떻게 움직이는 거죠?"

"말사냥꾼이 가까이에 있다는 증거야. 빨리 가보자."

타임조커가 속삭이듯 말했다.

'말사냥꾼을 이렇게 빨리 찾다니!'

가온이는 타임조커의 재주에 감탄하지 않을 수 없었다.

한 무리의 비둘기 떼가 하늘을 가로질렀다. 가온이와 타임조커는 비둘기가 날아간 곳을 향해 달려갔다. 그리고 그곳에서 비둘기들에게 모이를 주고 있는 할머니를 만났다.

"혹시. 저 할머니가 말사냥꾼이에요?"

가온이는 믿지 못하겠다는 투로 물었다.

가온이는 말사냥꾼이 화살이나 총을 들고 있는 건장한 체격의 남자일 거라고 상상했었다. 게다가 시끄러운 비둘기와 함께 있는 것도 의아했다.

가온이와 타임조커가 할머니 곁으로 다가가자 비둘기들이 하늘 위로 날아올랐다. 그러자 할머니 아니, 말사냥꾼이 주위를 두리번거렸다.

"여길 오다니. 시간을 훔쳤구나."

가온이와 타임조커의 등장에도 할머니는 전혀 놀라는 기색이 없었다. 그저 이해할 수 없는 말만 한마디 뱉었을 뿐이다.

비둘기들이 다시 돌아오자 할머니는 모이를 뿌렸다.

가온이는 할머니 귀가 잘 안 들릴지도 모른다는 생각이 들어 큰 소리로 물었다.

"혹시, 할머니가 말사냥꾼인가요?"

"그렇게들 얘기하지."

할머니는 가온이와 눈도 마주치지 않고 대답했다.

할머니의 무뚝뚝한 태도에 기분이 상했지만 그런 것에 신경 쓸 시간이 없었다.

"제가 뱉은 말을 찾고 싶어요. 어떻게 하면 되죠?"

할머니는 아무런 대답도 하지 않았다.

가온이는 비둘기 모이만 신경 쓰는 할머니의 무심함이 서가 찾는 말은 어떻게 생겼지?"

이는 자신이 찾고 있는 말의 모습을 설명했다.

여긴 없는 것 같구나!"

이는 실망감을 감출 수 없었다.

요? 그럼 제가 뱉은 말은 어디 있는 거죠? 혹시 새들이

버린 건 아닐까요?"

니. 네가 뱉은 말은 무거워서 비둘기들이 먹지 않는단다.

운 말사냥꾼을 찾아가 보렴."

거운 말사냥꾼이라고요?"

래. 내 생각에 무거운 말사냥꾼이 네 말을 찾아 줄 수 있을

같구나."

거운 말사냥꾼은 어디에 있어요?"

온이가 묻자 할머니는 의미심장한 눈빛을 하며 대답했다.

매우 어둡고 침침한 곳이지. 네가 뱉은 말을 꼭 찾았으면

구나."

머니의 말은 수수께끼 같았다.

가온아. 인제 그만 가자. 서둘러야 해."

임조커가 재촉했다.

온이는 할머니에게 고맙다는 인사를 하고 무거운 말사냥

을 찾아 나섰다.

운해서 퉁명스럽게 말했다.

"모이를 조금만 주세요. 저 비둘기들이 얼마나 천덕꾸러기인데
요. 비둘기 때문에 사람들이 피해를 본다고 뉴스에 나왔어요. 그
래서 과자나 모이를 함부로 주면 안 된다고요."

그제야 할머니가 가온이를 쳐다보았다. 입가에는 온화한 미소
가 한가득 담겨 있었다.

"왜 그렇게 말을 하지? 화가 났니?"

"아니요. 저는 그냥……."

가온이는 할머니에게 무례하게 굴었다는 생각에 말을 얼버무렸
다.

"나도 모이가 더는 생겨나지 않았으면 좋겠구나. 그래야 나
도 좀 쉴 수 있잖니?"

가온이는 할머니의 말이 무슨 뜻인지 알 수 없었다.

"그게 무슨 말씀이에요? 할머니가 모이를 주지 않으면 되
잖아요."

"모이가 계속해서 생겨나는데 어쩌겠니?"

점성술사처럼 할머니도 수수께끼 같은 말을 할 뿐이었다.

"사람들이 뱉은 말을 뭉치면 이렇게 새 모이가 되지. 그럼
새들은 그 모이를 먹는 거야. 그렇게 맛있는 말들과 맛없는
말들이 뒤섞이는 거란다. 이리 가까이 와서 보렴."

"네?"

가온이는 얼떨떨한 기분을 느끼며 할머니에게 다가갔다. 그리고 할머니의 모이주머니 안을 조심스레 살펴보았다. 그저 곡식 가루일 거로 생각했는데, 모이는 잘게 부서지고 뒤섞여 있는 각양각색의 말이었다.

"이 속에는 비밀스러운 말들도 많단다. 난 주로 비밀스러운 말을 사냥하거든."

"비밀스러운 말이요?"

가온이는 궁금함을 참을 수 없어 할머니에게 물었다.

"그럼 왜 다른 사람의 비밀을 새들에게 모이로 나눠 주는 거죠?"

할머니는 수수께끼 같은 말로 대답을 대신했다.

"비밀을 나누어서 비밀이 되지 않게 하려는 거란다."

가온이는 이해가 되지 않았다. 고개를 갸우뚱거리자 타임조커가 설명해 주었다.

"많은 사람이 무심코 말을 뱉고는 실수한 것을 뒤늦게 깨닫지. 하지만 이미 뱉어 버린 말은 지워 버릴 수가 없어. 그래서 급하게 비밀이라며 다른 사람에게 말을 하지 말라고 당부해. 그렇게 비밀이 만들어지는 거야. 그러니 말들이 쌓일 수밖에……."

타임조커의 설명을 듣고 나자 할머니의 말이 무슨 뜻인지 어림풋이 알 것 같았다.

"예전에 비해 새들이 점점 살이 찌더구나. 사람들은 비둘기들

에게 과자 부스러기나 모이를 주지 말라ᄂ 찌는 게 그 탓만은 아니야."

"사람들이 생각 없이 뱉은 말들 때문인 거 타임조커의 말에 할머니는 말없이 고개를

"모이가 계속 쌓인다는 건, 사람들이 생각 이 더 많아졌다는 거야."

할머니가 말을 이었다.

"개체 수가 늘고 배설물 때문에 거리가 기를 없애려 하고 모이를 함부로 주지 말ㄹ 을 제공하는 건 모두 자신들인데 그것에 는 않으려고 해."

가온이가 생각에 잠긴 채로 있자 할머니 무언가 찾기 시작했다.

"어쩌면 네가 뱉은 말도 이곳에 있을지 모르 할머니는 모이주머니에서 말들을 '쭈욱' 끄집 말들은 여러 가지 색을 띠고 있었는데 가온이 도 보지 못했던 신비로운 색이었다.

"말에도 색이 있다니! 정말 신기해."

가온이는 자신이 뱉은 말이 있는지 눈을 크 았다. 하지만 아무리 봐도 찾을 수가 없었다.

"제가 찾는 말은 없어요."

새로운 말사냥꾼은 개천 산책로에서 만났다.

"혹시, 아저씨도 말사냥꾼이에요?"

"그렇게들 얘기하지."

허공에 대고 잠자리채를 휘두르는 아저씨, 정신이 나간 줄만 알았던 수상한 아저씨가 말사냥꾼이라니!

"나, 아저씨를 알아요."

가온이는 말실수를 할까 봐 두 손으로 입을 꽉 막았다. 아저씨는 가온이를 보고 미소를 지었다.

"사람들 모두 나를 알지. 물론 내 겉모습뿐이지만 말이야."

가온이는 아저씨를 이상한 사람으로, 납치범으로 오해했던 게 미안했지만, 속마음을 말할 수는 없었다. 대신 다시 시간이 흐르게 된다면 아저씨의 누명을 벗겨 주리라 다짐했다.

"제가 뱉은 말을 찾고 싶어요. 어떻게 하면 되죠?"

"네가 찾는 말은 어떻게 생겼지?"

가온이는 자신이 찾고 있는 말의 모습을 설명했다.

"그럼, 여긴 없겠구나! 난 주로 가벼운 말을 사냥하거든. 가벼운 말은 말 그대로 가벼워서 둥둥 떠다니지. 그래서 잠자리채로 잡는 거야."

가온이는 아저씨의 잠자리채를 바라보았다. 그 순간 잠자리채의 그물이 점점 커지고 있었다. 믿기지 않는 일이었다.

"그물채가 점점 커지고 있어요!"

"이 녀석들이 번식해서 그래. 가벼운 말이라고 쉽게 생각하면 곤란하단다. 이 녀석들은 아주 민첩해서 먼 곳까지 재빠르게 이동하지. '발 없는 말이 천 리 간다.'라는 속담 들어 보았지? 그게 이 녀석들을 두고 하는 말이야."

가벼운 말들의 번식은 바로 소문이었다. 그제야 아저씨의 그물채가 점점 커지는지 이유를 알 것 같았다.

가온이는 가벼운 말이 어떻게 생겼는지 살펴보았다. 비밀스러운 말과는 달리 색이 없고 크기도 무척 작아서 돋보기로 봐야만 제대로 볼 수 있을 것 같았다.

"말이 눈덩이처럼 불어난다는 말 들어 봤지?"

"네, 들어 봤어요."

"바로 내가 한 말이야."

"정말요? 와! 어쩜 그렇게 딱 떨어지는 말을 만들었죠?"

아저씨는 쑥스러운 듯 '피식'하고 웃으며 말을 이었다.

"진짜 눈처럼 말들이 스스로 녹으면 얼마나 좋겠냐! 이 잠자리채를 그만 흔들어도 되게 말이다."

아저씨는 잠자리채에서 눈을 떼지 못하고 있었다. 말사냥꾼으로서의 무한한 책임감과 고단함이 동시에 느껴졌다.

"아저씨, 무거운 말은 어디 가야 만날 수 있죠?"

"아래로 내려가야 할 것 같구나. 무거운 말은 그 무게 때문에 가라앉아 버리거든."

아저씨 역시 할머니와 똑같이 이해하기 어려운 대답을 했다.

"더 자세히 알려 주시면 안 돼요?"

가온이가 답답한 심정을 토로하자 타임조커가 잽싸게 팔을 잡아당겼다.

"더 물어봐도 대답해 주지 않을 거야. 시간 없으니까 빨리 가자."

가온이는 타임조커에게 이끌려서 다시 길을 나섰다.

"휴우, 네가 뱉은 말은 도대체 얼마나 나쁜 말이길래 어둡고 음침한 곳에 꼭꼭 숨어 있는 거니?"

타임조커의 말이 비난처럼 들려서 가온이는 마음이 무거워졌다. 말하기 부끄러웠지만, 자신을 도와주려 애쓰는 타임조커에게 만큼은 솔직해져야 한다는 생각이 들었다.

"몰랐어요. 내가 그렇게 심한 말을 하게 될 줄은……."

가온이는 담담하게 대답했다.

"그때, 비밀 일기장을 잃어버리지 않았더라면……."

"가온아, 미안해. 널 비난하려던 건 아니었어."

타임조커가 재빨리 사과했다.

"누구나 말실수를 해. 나 역시 마찬가지고. 그러니 너무 속상해하지 마."

가온이는 자신을 이해해 주고 위로하려 애쓰는 타임조커가 고마웠다.

"괜찮아요. 모두 다 내 잘못인걸요."

가온이는 왠지 모르게 마음이 편해지는 기분을 느꼈다.

솔직하게 말할 수 있는 용기가 생겼기 때문일까?

시간이 멈춘 특별한 상황이 용기를 낼 수 있게 한 것 같았다. 타임조커와 함께 하며 자신을 되돌아볼 수 있었고, 자신의 실수를 인정할 수 있었다. 그래서 마음이 한결 가벼워진 것인지도 몰랐다.

"사과받아줘서 고마워. 네가 말을 찾을 수 있도록 내가 꼭 도와줄게."

타임조커의 말에서 진심이 느껴졌다.

"어둡고 침침해서 무거운 말이 모이 좋은 곳이라면 딱 한군데밖에 없어."

"그게 어디죠?"

"어디긴, 지하 감옥이지."

타임조커기 확신에 찬 어조로 대답했다.

08 유실물 센터

"설마, 이런 도시에 지하 감옥이 있겠어요?"

가온이는 허탈한 표정을 지었다.

"아! 그래? 내가 살던 곳에는 도시 곳곳에 지하 감옥이 있었는데……. 세상 참 많이 좋아졌군!"

가온이는 할아버지 같은 말을 하는 타임조커를 보며 도대체 어느 시절, 어느 나라, 어느 마을 아래 지하 감옥이 있었는지 궁금했다.

"그럼, 지하 감옥 비슷한 곳은 어디일까? 동굴?"

타임조커가 물었다.

"동굴은 산속에 있잖아요. 무거운 말은 곧바로 가라앉아 버린다고 했으니 산으로 올라가지는 못할 거예요. 산이 아닌 땅속의 동굴이라면, 만약 땅속에 파 놓은 굴이라면 음……."

가온이 머리에 번쩍 스쳐 지나가는 생각이 있었다.

"그래, 맞아. 바로 거기야! 왜 그 생각을 바로 하지 못했을까?"

가온이는 확신이 들었다. 그곳은 어둡고 침침해서 무거운 말이 가라앉을 만한 장소가 틀림없었다.

"거기라니? 도대체 거기가 어딘데 그래?"

가온이가 대답을 해 주지 않자 타임조커는 궁금해 죽을 것 같은 표정을 지었다.

"아, 도시에는 그런 곳이 있어요. 일단 가보면 알아요."

"그래? 그럼, 시간이 없으니까 빨리 가보자."

가온이는 타임조커를 이끌고 목적지를 향해 발길을 돌렸다.

'쓱! 쓱!'

어디선가 바닥을 쓰는 듯한 소리가 들렸다.

가온이는 타임조커의 손을 잡고 소리가 나는 쪽으로 달려갔다. 그곳에는 바닥을 쓸고 있는 청소부 아저씨가 있었다. 멈춰진 시간 속에서 움직이고 있는 것을 보면 말사냥꾼이 틀림없었다.

"아저씨도 말사냥꾼이죠?"

"그렇게들 얘기하지. 난 주로 조각난 말을 사냥한단다."

"조각난 말이요?"

비밀스러운 말, 가벼운 말. 무거운 발, 조각난 말이 다르듯이 그 말을 사냥하는 말사냥꾼과 사냥 방법도 모두 제각각이었다. 얼마나 많은 말과 말사냥꾼이 있을지 쉽게 상상되지 않았다.

"지금, 말의 파편을 쓸어 담는 중이란다."

청소부 아저씨는 빗자루를 손에서 놓지 않은 채 대답했다.

"말의 파편이라고요?"

"그래. 조각난 말, 제대로 연결이 되지 않은 말이지."

가온이가 무슨 뜻인지 잘 모르겠다는 표정을 짓자 타임조커가 으스대며 설명을 시작했다.

"누군가가 말을 하고 있는데 듣기 싫어서 딴청을 피우거나 귀를 꽉 닫은 적이 있지?"

"어, 생각해 보니 아주 많은 것 같아요."

곰곰이 생각하던 가온이는 우물쭈물 대답했다.

"그럼, 그 말들은 어떻게 되겠니? 중간에 그냥 끊어지고 없어져 버리잖아. 바로 그런 거야."

가온이는 조각난 말이 있었던 상황을 떠올려 보았다.

"이건 어때요? 무슨 말을 하려다 갑자기 단어가 생각이 나지 않을 때요. 그것도 조각난 말인가요?"

가온이의 질문에 청소부 아저씨는 고개만 가볍게 끄덕였다. 조각난 말을 사냥하는 말사냥꾼은 유난히 말수가 적은 것 같았다.

"그럼, 이런 경우는요?"

가온이는 신나서 말을 이었다.

"어떤 말이 입안에서만 맴돌 때가 있잖아요. 별로 어려운 말도 아닌데 갑자기 기억이 나지 않을 때요. 대화가 끊겨서 난처해지는 그런 경험이요."

"나도 그런 적 많이 있지."

타임조커가 곰곰이 생각하더니 끼어들었다.

"그건 왜 그러는 걸까요?"

가온이의 질문에 청소부 아저씨는 망설임 없이 대답했다.

"말은 참 길들이기 힘든 녀석이야. 다른 사람의 말을 중간에 끊고 자기가 하고 싶을 말을 하려고 할 때면, 말은 오히려 심술을 부리지. 그래서 아무도 못 찾는 곳에 숨어 버리거든."

"숨어 버린다고요?"

가온이는 갑작스럽게 의기소침해졌다.

말에 대해서 알아갈수록 길들이기 힘들다는 사실만 또렷해졌기 때문이다.

"말사냥꾼은 왜 모두 다 저렇게 말하는 거죠? 왜 시원하게 말을 하지 않는 거예요? 왜 자꾸 수수께끼처럼 말을 하는지, 꼭 그렇게 말하는 이유라도 있는 거예요?"

청소부 아저씨와 헤어지고 난 뒤 가온이가 넋두리처럼 물었다.

"글쎄, 저런 식으로 돌려 말하는 게 유행인가 보지 뭐?"

타임조커의 대답에 웃음이 터져 나왔다. 그러자 영문도 모르던 타임조커도 함께 따라 웃었다.

"타임조커. 다 왔어요. 바로 여기 지하철역이요."

"하! 무거운 말들이 모일 만한 곳이군."

가온이가 생각한 장소는 바로 지하철역이었다. 도시에서 가장 어둡고 음침한 곳, 그래서 무거운 말이 모일만한 곳은 바로 지하철뿐이었다.

가온이는 타임조커에게 지하철이 어떤 곳인지, 전동열차가 어떻게 달리는지 자세히 설명해 주었다.

"바퀴 달린 마차를 생각하니 떠오르는 사람이 있어."

가온이의 말을 묵묵히 듣던 타임조커가 입을 열었다.

"아주 오래전 만났던 사람인데, 그는 시간을 이기고 싶어 했지."

"시간을 이긴다고요? 어떻게요?"

가온이는 누군가의 엉뚱하고 무모한 도전 이야기에 호기심이 생겼다.

"그 사람은 시간과 경주를 할 생각을 했어. 그래서 세상에서 가장 빠른 마차를 만드는 일에 집착했지. 마차의 속도가 시간을 이길 수 있을 거로 생각한 모양이야."

"그래서요? 그래서 어떻게 됐어요?"

"어떻게 되긴, 마차를 만드는 데 한평생을 보내고 말았지 뭐."

한껏 품은 기대가 타임조커의 말에 바람 빠진 풍선처럼 쏙 쪼

그라들었다.

"아, 뭐예요! 장난친 거죠?"

"장난 아니거든. 누구도, 그 무엇도 시간을 이길 수는 없어. 오히려 훔치는 게 더 낫지."

"치, 장난이든 아니든 간에 타임조커 얘기는 더 듣고 싶지 않아요."

가온이는 넌더리를 내며 말했다.

지하철 안은 바깥세상보다 더 적막했다. 시간이 멈춘 지하 세계는 땅 위와는 달리 불길한 기운마저 감돌았다. 그 기운을 느낀 타임조커가 가온이에게 소곤거렸다.

"여기는 지하 감옥과 다를 게 없는데? 그런데 무슨 소리가 들리는 것 같지 않니?"

가온이는 귀를 기울였지만 아무 소리도 들리지 않았다.

"따라와 봐. 저쪽에서 무슨 소리가 들리는 것 같아."

통로를 따라 걸어가던 타임조커가 갑자기 걸음을 멈추었다.

"유실물 센터? 여긴 뭐 하는 곳이지?"

"누군가 잃어버린 물건, 주인 없는 물건을 보관하는 곳인데……."

가온이와 타임조커는 문 앞에 서서 귀를 기울여 보았다. 벌떼가 날아다니는 것처럼 윙윙거리는 소리가 들렸다.

"아무도 안 계세요?"

가온이가 노크를 해도 아무 반응이 없었다.

"대답이 없는데 어떻게 할까요?"

"한번 들어가 보자. 소리가 나는 것을 보면 틀림없이 말사냥꾼이 있을 거야."

가온이와 타임조커는 조심스레 문을 열고 유실물 센터 안으로 들어갔다.

유실물 센터 안에는 누군가 잃어버린 물건을 넣어둔 보관함으로 가득했는데 소리는 바로 그곳에서 나오고 있었다.

이에엥! 그르르쿠쾅! 쿠와아앙! 삐비삐! 끼이끼익!

"태어나서 이렇게 시끄러운 소리는 처음 들어요."

가온이는 타임조커의 귀에 대고 큰 소리로 말했다.

"뭐라고?"

목소리가 소음에 묻혀 안 들리는지 타임조커가 큰 소리로 되물었다.

"보관함을 열어 볼까요?"

가온이가 다시 물었다.

"뭐? 문 열고 나가자고? 좋아!"

타임조커는 밖으로 나가자고 말했지만, 너무 시끄러운 탓에 가온이는 제대로 듣지 못했다.

좋다는 얘기를 들은 가온이는 스스럼없이 보관함을 열었다.

"안 돼!"

디임조커가 소리쳤지만 이미 늦은 뒤였다. 보관함 안에서 무언가가 말이 쏟아져 나왔다. 그리고 가온이의 몸을 툭 치고 달아났다.

"으악! 타임조커! 뭔가 있어요!"

타임조커도 같은 일을 당하는지 춤을 추듯 몸을 요리조리 비틀었다.

"가온아, 말들이 우리를 공격하고 있어!"

당황한데다 너무 시끄러워서 정신을 잃기 직전이었다.

그때, 기다란 막대와 네모난 물체를 든 남자의 그림자가 나타났다. 그림자가 나타나자 말들은 더 큰 소리를 내며 사나워지기 시작했다. 말들의 반응을 보니 말사냥꾼임이 틀림없었다.

말사냥꾼은 모습을 드러내지 않았다. 그림자만 보였는데, 큰 키와 긴장한 체격을 가진 남자의 모습이었다. 가온이가 상상했던 말사냥꾼의 모습 그대로였다.

말사냥꾼의 그림자가 기다란 막대와 네모난 물체로 사냥을 시작했다. 그것은 창과 방패 같았다. 흥분한 말들은 창과 방패를 요리조리 피하기에 바빴다. 말사냥꾼은 공처럼 이리저리 뛰는 말을 긴 창으로 찔러서 정신을 잃게 했다. 그리고 정신을 잃은 말을 재빨리 방패 안에 넣었다. 말사냥꾼은 한동안 같은 행동을 반복하며 날뛰는 말들을 잡아들였다.

 말사냥이 끝났는지 주위의 소란이 잦아들었다. 말사냥꾼의 그림자가 가온이와 타임조커를 향해 다가왔다. 가까이 다가올수록 그림자는 점점 줄어들었고, 모습이 드러났을 때는 보통 사람의 키만큼 작아져 있었다. 게다가 창과 방패로 보였던 그림자는 빗자루와 작은 상자였다.

 "큰일 날 뻔했구나. 그런데 어쩌다 이곳에 온 거지?"

 말사냥꾼의 얼굴은 땀에 흠뻑 젖어 있었다.

 가온이는 귀를 막고 있던 양손을 내려놓았다. 그리고는 공손하게 물었다.

 "아저씨는 무거운 말을 사냥하는 말사냥꾼인가요?"

 "무거운 말? 아니, 난 사나운 말들을 사냥한단다. 보시다시피 이 녀석들은 사납고 소란스럽지. 시끄러운 소리 때문에 정신을 차릴 수가 없으니 귀마개를 끼워야 해."

 말사냥꾼은 양쪽 귀에서 귀마개를 빼며 말을 이었다.

 "녀석들이 하도 날뛰는 바람에 보관함이 열린 모양이구나. 이제 상자를 보관함에 넣고 문을 단단히 잠그면 돼."

 가온이는 멋쩍은 미소를 지었다.

 "그런데 아저씨. 여기는 잃어버린 물건을 보관하는 곳이잖아요. 그런데 사나운 말들을 왜 이런 곳에 두는 거예요?"

 "이곳이 안전하기 때문이란다. 자신이 잃어버린 것을 찾으러

오는 사람은 아무도 없거든. 어쩌면 그냥 버린 건지도 모르지."

가온이는 자신에게 하는 말인 것 같아서 속이 상했다.

"누구도 잃어버린 것을 찾지 않는다고요? 그래도 누군가는 올 수 있잖아요."

말사냥꾼은 진지한 표정으로 가온이를 쳐다보았다.

"그건 어쩔 수 없는 일이지. 그만한 대가를 치러야 할 테니까 말이야. 저기를 잘 보렴. '관계자 외 출입 금지' 함부로 들어오지 말라고 분명히 쓰여 있지!"

말사냥꾼이 가리키는 곳에는 분명히 크고 선명한 글씨가 있었다.

가온이의 얼굴이 붉게 달아올랐다. 말사냥꾼은 무거운 말을 찾는 것이 불가능하다고 얘기하는 것 같았기 때문이다.

"그래, 용건이 뭐니? 왜 여기에 온 건지 들어나 보자."

"제가 뱉은 말을 찾고 싶어요."

가온이는 용기를 내어 말했다.

"이미 뱉어버린 말을 찾는다고? 찾기도 어렵지만 찾는다고 해도 그걸 어떻게 하려는 거지?"

말사냥꾼은 당황스럽다는 표정으로 가온이를 바라보았다.

"말실수하지 않으려면, 그러니까……."

가온이는 입안에서 맴도는 말을 뱉지 못하고 우물쭈물했다.

선뜻 말이 나오지 않았다. 생각 없이 하는 말은 술술 잘도 나오는데, 생각을 하면서 말을 하려 하니 입안에서 맴돌기만 할 뿐이었다.

가온이가 머뭇거리자 타임조커도 궁금해진 모양이었다.

"가온아. 나도 궁금해. 말을 찾는다고만 했지 왜 찾으려고 하는지는 얘기 안 했어."

고개를 파묻고 있던 가온이는 힘겹게 입을 열었다.

"제가 무거운 말을 뱉고 나서 승민이가 사라져 버렸어요."

말사냥꾼은 심각한 표정을 지으며 물었다.

"네가 원하는 것이 쉽게 이루어지지 않는다는 것쯤은 알고 있겠지?"

"알고 있어요. 그래도 여기까지 왔는걸요."

결심이 섰는지 말사냥꾼은 따라오라는 손짓을 해 보였다.

"좋아! 하지만 대가를 치러야 한다는 사실을 명심하거라. 날 따라와라."

"어디를 가는 거예요?"

"네가 뱉은 무거운 말이 있는 곳."

가온이는 기쁨을 감추지 못했다. 기뻐서 고래고래 소리치고 싶은 심정이었다.

"그렇게 좋아할 거 없어. 말의 늪에 가는 길이니까. 솔직히 길을 안내하는 나도 좀 떨리는구나."

"말의 늪이라니요?"

깜짝 놀란 가온이가 눈을 커다랗게 뜨고 물었다.

"말의 늪은 세상의 모든 말들이 모여 있는 곳이지. 갈 곳 없는 말이 떠돌다가 모이는 곳이 바로 말의 늪이야. 그래서 말사냥꾼도 가기를 꺼리지."

가온이는 마음이 무거워졌다. 도대체 어떤 말들이 모였길래 말사냥꾼들도 가기를 피한단 말인가! 그런 곳에 있는 말을 자기 입에서 뱉어냈다는 사실이 너무 부끄러웠다.

"정신을 바짝 차려야 해. 조금만 방심하면 큰일이 생기니까!"

말사냥꾼이 가리킨 말의 늪 입구는 시커먼 어둠이 드리워진 지하철 철로였다. 으스스한 기운이 맴돌았다. 가온이는 포기하고 싶은 생각이 간절했다. 자신이 뱉은 말을 찾고 싶지 않았다.

"꾸물거릴 시간이 없어. 이제 곧 시간이 움직일 거야. 내가 수백 번, 수천 번도 넘게 말했잖아."

타임조커의 재촉에 가온이는 어둠으로 들어갔다. 걸어갈수록 어둠은 깊어졌다. 여태껏 보던 어둠과는 달랐다.

'지하철 터널 안이 이렇게 어둡고 음침한 세계였다니!'

말사냥꾼의 숨소리와 타임조커의 콧노래 그리고 세 사람의 발소리만이 조용한 터널 안에 메아리쳤다. 적막한 가운데 들려오는 그 소리가 오히려 불길하게 느껴졌다.

가온이는 양팔을 쓱쓱 문질렀다. 으스스한 기운에 소름이 돋았고, 밖으로 달아나고 싶었다. 두려운 마음에 타임조커의 옷자락을 꽉 붙잡았다.

"걱정하지 마. 다 잘 될 거야."

타임조커는 떨고 있는 가온이를 안심시켜 주었다.

말사냥꾼이 갑자기 걸음을 멈췄다. 그리고 가온이와 타임조커에게 나지막한 소리로 말했다.

"다 왔다! 바로 여기야."

가온이는 맥박이 빨라지는 것을 느꼈다.

"단단히 각오해야 한다."

약속이라도 한 듯이 타임조커와 가온이는 두 손을 꽉 잡았다.

막다른 벽 앞에 선 말사냥꾼이 알 수 없는 주문을 외웠다. 그러자 벽이 꿈틀거리기 시작했다.

'단단한 벽이 아니었어? 어떻게 저렇게 변하지?'

벽은 살아 있는 생명체처럼 말사냥꾼을 감싸 안고 킁킁거리며 냄새를 맡기 시작했다. 벽이 제자리로 돌아가자 말사냥꾼은 두 손을 벽 안으로 들이밀었다. 그리고 팔을 벌려 벽에 구멍을 만들었다. 말사냥꾼은 마치 밀가루 반죽으로 모양을 만드는 것처럼 아주 쉽게 구멍을 넓혀 나갔다. 입구가 열리자 말사냥꾼이 따라오라는 손짓을 했다.

입구에서 귀청이 떨어질 정도로 커다란 소리가 들렸다. 소리는 괴성과 비명, 욕지거리와 혐오, 원망과 울음이 뒤섞여 있었다.

가온이의 마음속에서 두려움이 불쑥 고개를 밀었다. 소리만으로도 말의 늪이 불길한 장소라는 것을 짐작할 수 있었기 때문이다.

가온이는 자신도 모르게 뒷걸음질을 치고 있었다. 그때, 타임조커가 잡고 있던 손을 힘껏 쥐었다.

"가온아. 준비됐지?"

"모르겠어요."

가온이의 목소리가 가늘게 떨렸다.

"단단히 각오해. 내가 도와주지 못 할 수도 있어!"

말사냥꾼이 날카롭게 소리쳤다.

"기회는 딱 한 번뿐이야!"

그 소리에 정신이 퍼뜩 들었다. 딱 한 번뿐인 기회가 찾아왔는데 주저하다가 놓칠 수는 없었다.

"네, 할 수 있어요."

가온이는 마음을 다잡으며 대답했다.

"자, 그럼 뛰어내린다. 하나, 둘, 셋!"

가온이와 타임조커 그리고 말사냥꾼은 회오리바람처럼 커다란 원을 그리며 돌고 있는 소음 속으로 몸을 던졌다.

09 시간 도둑

"아! 어지러워."

머리가 지끈거렸다.

칠판을 손톱으로 긁는 것처럼 신경을 날카롭게 만드는 소리가 들렸다. 먼지와 곰팡이가 많은지 콧속이 간지러웠고 퀴퀴한 냄새가 났다. 뱃멀미할 때처럼 속이 울렁거려서 정신을 차릴 수가 없었다.

주위를 둘러보니 옆에 쓰러져 있는 타임조커는 아직 깨어나지 못했고 말사냥꾼은 보이지 않았다.

"타임조커, 일어나요."

가온이가 흔들어 깨우자 타임조커는 두 손으로 머리를 지그시 누르며 일어났다.

"아이고 머리야……. 우리가 제대로 온 거야?"

"모르겠어요. 아니, 그런 것 같아요."

가온이는 소음 속에서 소리를 지른 기억만 떠올랐다.

"으, 여긴 정말 끔찍한 곳이야."

주위를 둘러본 타임조커는 넌더리를 내며 말했다.

"타임조커. 나 여기서 빨리 나가고 싶어요!"

가온는 불쾌한 곳에서 빨리 벗어나야겠다는 생각뿐이었다.

"그래, 좋은 생각이야. 네가 뱉은 말을 빨리 찾아서 이곳을 빠져나가자."

가온이와 타임조커는 끝도 없이 펼쳐진 무한한 공간을 무작정 걷기 시작했다. 불쾌한 기분이 온몸을 감쌌고 언제 어디에서 뭐가 튀어나올지 몰라 긴장되었다.

한참을 걷던 가온이와 타임조커가 멈춰 선 곳은 막다른 벼랑 끝이었다.

"이런! 여긴 틀림없이 지옥일 거야."

벼랑 아래를 내려다본 타임조커가 혼잣말을 내뱉었다.

그곳에는 온갖 종류의 **말들**이 모여 있었다. 비밀스러운 말, 조각난 말, 가벼운 말, 무거운 말, 사나운 말, 거짓말, 입에 담지 못 할 말······.

그곳은 말의 전시장이었다. 그중에서도 입에 담지 못 할 말이 대부분이었는데 그 말들은 누가 더 나쁘고, 무겁고, 심하고, 역겨운지 내기라도 하는 듯 서로 언성을 높이며 싸우고 있었다.

가온이는 자신이 뱉은 무거운 말을 어렵지 않게 찾을 수 있었다. 결코 잊을 수 없었기 때문이다.

무거운 말이 움직일 때마다 진득거리는 액체가 뚝뚝 떨어졌다. 무거운 말은 가온이가 화가 나서 소리를 지를 때와 같은 소리를 냈는데, 입을 열 때마다 악취가 진동했다.

"역겨워요. 내가 저런 말을 뱉었다니!"

가온이가 울먹이며 말했다.

"가온아. 네가 뱉은 말을 잡아야 해. 그래야 이곳에서 나갈 수 있어!"

가온이와 타임조커는 무거운 말을 잡기 위해 달려갔다.

"야. 너! 나 좀 봐."

"젠장! 네가 왜 여기 있는 거야?"

가온이를 발견한 무거운 말은 욕설을 퍼부으며 달아나기 시작했다.

"잠깐만 기다려!"

"싫어! 안 돼! 못 해! 내가 왜?"

가온이와 타임조커는 도망가는 말을 뒤쫓아 겨우 잡았다.

"이게 다 너 때문이야! 넌 정말 지긋지긋해!"

가온이에게 붙잡힌 말은 부정으로 가득했다.

가온이는 자신이 뱉은 말에게 돌아오라고 정중하게 부탁했지만 무거운 말은 콧방귀를 뀌며 비웃었다.

"내가 이곳이 좋아서 여기 있는 줄 아니? 나도 여기가 마음에 들지 않아. 다, 네 탓이야. 모든 게 다 너 때문이라고.”

무거운 말은 모든 걸 가온이 탓으로 돌리며 마음을 아프게 했다.

“미안해. 그래서 모든 것을 되돌리고 싶어.”

“됐거든. 싫어! 안 돼! 못 해!”

무거운 말이 고래고래 소리를 질렀다.

가온이는 무거운 말의 마음을 돌릴 자신이 없었다.

“가온아, 그 녀석 말을 들을 필요 없어. 빨리 삼켜버려.”

타임조커가 단호하게 말했다.

“지금 나보고 저, 저걸 삼키라는 거예요?”

“그새 잊어버린 거니? 시간이 없다고 내가 수백 번, 수천 번도 넘게 말했잖아. 게다가 다른 방법도 없어.”

가온이는 뱉어낸 말을 도로 삼킨다는 게 끔찍했지만 무거운 말을 돌아오게 하는 방법은 그것뿐이었다.

가온이는 눈을 꼭 감았다. 그리고 말을 삼키려고 입을 벌렸다.

무거운 말이 꿈틀거리며 가온이가 한 말을 똑같이 따라 했다.

“넌, 정말 끔찍해!”

무거운 말은 가온이의 손아귀에서 도망가려고 발버둥을 쳤다. 무거운 말이 움직일수록 진득거리는 액체가 뚝뚝 떨어졌다.

“이거 놓지 못해? 네가 어떻게 나한테 이럴 수 있어? 네가 뭔데!”

입을 열 때마다 악취가 나서 가온이는 숨을 쉴 수가 없었다.

"다시 한번만 기회를 줘."

가온이는 마음을 다해 말했다. 그러자 무거운 말의 태도가 돌변했다. 갑자기 살려 달라고 애원하기 시작한 것이다.

"그만둬. 넌 지금 속고 있는 거야. 마녀에게 말이야. 지금 날 먹으면 후회하게 될 거라고."

"아니야. 후회하지 않을 거야."

가온이는 눈을 질끈 감고 입을 크게 벌려서 무거운 말을 집어넣었다.

"윽, 토할 거 같아. 도저히 무거운 말을 먹을 수 없어!"

속이 메스꺼웠다. 마치 쓰레기통을 삼키는 기분이었다. 구역이 치솟아서 도저히 말을 삼킬 수가 없을 것 같았다.

마음이 약해진 가온이가 방심한 틈을 노리고 무거운 말은 재빨리 가온이의 입에서 빠져나왔다.

"안 돼! 제발 내 입 속으로 다시 돌아와. 부탁해."

가온이는 무거운 말을 붙잡고 애원했다.

"정말 싫어! 절대 안 돼! 진짜 못 해! 내가 왜? 난 절대로 네 입속으로 돌아가지 않을 거야. 거긴 여기보다 더 지독한 곳이라고!"

무거운 말이 악담을 퍼부었다.

"내 입속이 지독하다고?"

가온이는 절망감에 사로잡혔다. 눈물이 나올 것 같아서 고개를 푹 숙였다. 그때 점성술사가 한 얘기가 떠올랐다. 사탕발림하고 거짓말을 하고 애원해도 절대로 넘어가서는 안 된다는 말이 생각났다.

"휴우, 안 되겠다. 일단 다른 말부터 먹어 보자. 무거운 말 말고도 네 입에서 나온 다른 말들이 있잖아."

타임조커는 가온이의 눈치를 살피며 조심스레 제안했다.

"그것참 좋은 생각이네요."

가온이는 억지 미소를 지으며 대답했다. 지금처럼 타임조커가 원망스러웠던 적은 없었다.

가온이는 무거운 말을 타임조커에게 건네주고, 자신이 했던 비밀스러운 말 하나를 새로 붙잡았다. 비밀스러운 말은 작은 강아지를 안고 있을 때 같은 느낌이었다. 조금씩 꿈틀거리긴 했지만 무섭지는 않았다. 다행히 아무런 냄새도 나지 않았다.

가온이는 자신이 뱉은 비밀스러운 말을 재빨리 입속으로 구겨 넣었다. 비밀스러운 말은 솜사탕을 먹을 때처럼 씹을 틈도 없이 입안에서 사르륵 사라졌다. 무슨 맛인지 느낄 틈조차 없었다. 정말 비밀스럽게.

가온이는 자리에서 팔짝 뛰었다.

"성공했어요."

"잘했어, 가온아. 이제 다른 말도 먹어 보자."

가온이는 다시 가벼운 말을 붙잡아 입 안에 넣었다. 가벼운 말은 입안에서 작은 알맹이들이 뛰어다니는 것처럼 톡톡 튀었다. 다 먹고 나니 탄산음료를 먹을 때처럼 트림이 나왔다.

"꺼억."

가온이는 자신감이 생겼다.

"이제 할 수 있을 것 같아요. 다시 한번 해 볼게요."

가온이는 타임조커에게 무거운 말을 되돌려 받으며 말했다.

"으악!"

무거운 말이 비명을 질렀다.

"이거 놔! 어서 놓지 못해!"

손아귀에서 빠져나가려고 발버둥 치는 통에 가온이의 손은 땀투성이가 되어 있었다.

"난 널 알아."

가온이는 무거운 말을 두 손으로 움켜쥐고 사납게 노려보며 말했다.

"널 먹어 치울 거야."

"그러지 마. 난 한 번 뱉어진 말이야. 이미 과거가 되어 버렸다고. 그러니 날 집어삼키면 이 세상이 뒤죽박죽되고 말 거야."

무거운 말이 소리쳤다.

"네 말은 안 믿어. 넌 지금 거짓말을 하고 있어. 점성술사 아줌마가 분명히 말했어. 너만 사라지면 모든 게 다 원래대로 돌아올 거야."

가온이도 지지 않고 무거운 말을 향해 소리쳤다.

"넌 저 녀석과 그 늙은 마녀에게 속은 거야."

무거운 말은 타임조커를 가리키며 말했다.

"점성술사 아줌마는 마녀가 아니야! 그리고 타임조커도 거짓말쟁이가 아니야!"

가온이는 무거운 말의 교활함에 속지 않으려고 크게 외쳤다.

"넌 저 녀석이 누구인 줄 알아? 저 녀석은 시간 도둑이야!"

무거운 말이 타임조커를 가리키며 말했다.

"저 녀석이 왜 아무런 대가도 없이 널 따라왔는지 알아? 네 시간을 훔치려고 그런 거야."

"내 시간을 훔친다고?"

무거운 말의 얘기에 깜짝 놀란 가온이가 되물었다.

"흥! 몰랐나 보군? 같이 다니는 녀석이 누구인지도 몰랐다니."

가온이의 혼란스러운 표정을 본 무거운 말이 의기양양하게 말했다.

가온이는 문득 의심이 피어올랐다.

'타임조커가 여기까지 찾아온 이유는 뭘까? 도대체 무엇 때문에?'

"시간 도둑이 네 시간을 훔치면 어떻게 되는 줄 알아? 넌 시간의 미로에 갇힌 미아 신세가 되고 말지.”

무거운 말의 이간질 때문에 가온이의 마음이 흔들리기 시작했다.

“타임조커, 도대체 무슨 말이에요?”

가온이가 타임조커를 쏘아보며 물었다.

“그, 그렇지 않아. 나, 나는…….”

가온이의 따가운 시선에 타임조커는 안절부절못하며 말을 얼버무렸다.

“말해 줘요.”

가온이는 새하얀 칠로 분장 된 타임조커의 감춰진 얼굴이 새빨갛게 물드는 것을 느낄 수 있었다.

어색한 분위기 속에 가온이의 몸은 사시나무 떨듯 떨리기 시작했다. 알 수 없는 분노와 혼란, 그리고 허탈함이 물밀듯이 밀려들어왔고 뒤죽박죽 뒤섞이며 소용돌이쳤다.

‘무거운 말의 얘기가 사실일까? 정말 내 시간을 훔치려고 하는 걸까? 만약에 사실이라면 난 어떻게 되는 거지? 시간의 미로에 갇힌 미아 신세가 되는 걸까? 아니야. 무거운 말의 이야기도 거짓일 수 있어.’

가온이는 무거운 말의 얘기를 믿고 싶지 않았다. 아니, 믿을 수가 없었다. 그러나 진실을 알고 싶었다.

“타임조커, 솔직하게 말해 줘요. 내 시간을 훔치러 온 거에요?”

"미안해."

타임조커가 고개를 숙이며 말했다.

"그거 봐. 내 말이 맞지? 저 녀석은 마녀의 하수인에 불과하다고."

무거운 말의 얘기가 가시가 되어 가온이의 마음을 찔렀다.

그동안 믿고 따랐는데, 타임조커의 진실은 자신이 아는 진실과 달랐다.

"어쩐지 내가 속은 느낌이야."

가온이가 넋이 나간 채로 중얼거렸다.

"거짓말을 한 게 아니야. 말하지 않은 것뿐이라고."

"일부러 말하지 않았다고 해도 속인 거나 마찬가지예요."

가온이의 말에는 실망과 원망이 한데 뒤섞여 있었다.

"왜요? 왜 내 시간이 필요한 거죠?"

"그건 내 운명이야. 계약을 깨지 않는 한 어쩔 수 없는……."

타임조커가 기어가 들어가는 목소리로 중얼거렸다.

"계약이라뇨? 그게 다 무슨 소리예요?"

무거운 말이 타임조커의 말을 가로막고 나섰다.

"무슨 소리냐고? 내가 알려 줄까? 저 녀석은 마녀와 계약을 맺은 시간 도둑 중 하나란 얘기지."

"시간 도둑들?"

가온이는 타임조커를 돌아보며 물었다.

대답을 듣고 싶었지만 타임조커는 입을 다물고 있었다. 대신 무거운 말이 말을 이었다.

"이런, 이런! 다른 카드들을 보지 못했구나?"

"뭐라고?"

가온이는 온몸이 떨려 왔다. 무거운 말의 얘기가 무슨 뜻인지 알 수 있었다.

"그래. 한 장만 골랐으니 다른 카드들도 모두 다 조커였다는 건 몰랐겠지?"

잠시 정적이 흘렀다.

"우리는 광대야."

타임조커는 체념한 듯 깊은 한숨을 내쉬며 여태껏 감춰 두었던 진실을 털어놓기 시작했다.

"사람들에게 즐거움을 선사하고, 사람들은 그들의 시간을 우리에게 주지. 바로, 이 시계 안에 사람들의 시간이 담겨 있어."

타임조커가 시계를 흔들어 보이며 말했다.

"이런, 말은 바로 해야지. 대가로 받은 게 아니라 너희들이 훔친 거지. 그 벌로 마녀에게 영혼을 뺏기고 카드에 갇히게 된 거야."

무거운 말이 끼어들었다.

"그래 맞아. 나는 훔친 시간만큼 카드에 갇혀 있어야 하고 남을 도와야 해."

가온이는 도무지 알 수가 없었다. 왜 자신을 속였는지 아니, 사실대로 말하지 않는 건지.

"이유가 뭐죠? 왜 나를 속인 거죠? 도대체 왜 나를 도와준 거예요?"

타임조커가 무겁게 입을 열었다. 그건 진실한 말이었다.

"모든 조커의 운명은 스텔라님이 쥐고 있고, 선택받은 카드만 세상으로 나올 수 있어. 정지된 시간 안에서 내가 훔친 시간만큼 누군가를 도와야만 내 영혼이 카드로부터 자유로워질 수 있다고. 그게 내가 받은 벌이야."

"그런데 하필이면 왜 나예요?"

"강렬한 소망을 가진 자의 선택이 있어야 카드에서 나올 수 있어. 네가 나를 만나고 시간을 멈춘 것도 다 너의 강렬한 소망 때문이야. 나를 선택한 건 바로 너라고."

타임조기의 눈빛이 흔들렸다. 웃고 있는 모습이지만 눈물을 머금은 눈빛은 슬퍼 보였다.

"그럼, 무거운 말의 얘기가 사실이잖아요. 점성술사가 마녀라는 말이!"

"날 믿어. 난 너의 소망이야. 네 소망이 실현된 모습이 바로 나라고. 그리고 시간의 미로 따위는 존재하지 않아. 그건 무거운 말의 거짓말이야."

122

"싫어!"

가온이가 소리쳤다.

가온이는 이제 그 누구도, 그리고 아무것도 믿을 수가 없었다. 말 뒤에 감춰진 진실을 가려내기가 어려웠다.

"넌 나를 버리지 못해. 난 너의 일부니까."

무거운 말이 변하기 시작했다. 마치 풍선처럼 서서히 부풀어 올랐다.

'아니야!'

가온이는 크게 외치고 싶었지만, 생각은 말이 되어 나오지 못했다.

"너의 생각과 너의 마음, 너의 모든 것이 나로 표현되지."

무거운 말은 점점 더 커졌다.

'그럴 리 없어. 넌 내가 아니야.'

마음속으로는 부정하고 있었지만 어떻게 된 일인지 입이 떨어지지 않았다.

"그러니 내가 너고, 네가 나야. 그런데 왜 그걸 인정하지 않는 거지?"

무거운 말은 점점 더 거대해졌다. 그리고 어두워졌다.

'싫어!'

"내 말을 인정하지 않으면 넌 거짓말쟁이야."

가온이 머리 위로 시커먼 그림자가 드리워졌다. 무거운 말은 이제 가온이를 덮어 버릴 정도로 거대해졌고 주위는 어두웠다.

'모르겠어. 하지만…….'

"나를 봐. 네가 날 이렇게 만들고 있어."

무거운 말은 무시무시한 괴물이 되어 가고 있었다. 그것은 가온이의 또 다른 힘이었다.

'난, 나는…….'

가온이는 두려움에 떨면서 중얼거렸다.

그대로 굳어버린 채 어떤 결정도, 어떤 행동도 할 수 없었다.

10 말을 삼킨 아이

'나는 어떻게 해야 할까?'

가온이는 점성술사를 만난 일과 타임조커와 함께한 모험을 떠올렸다. 함께 춤을 추고 말사냥꾼을 찾아다니는 게 즐거웠다. 행복했던 기억 중에서도 특별했던 순간이었다. 불과 몇 시간밖에 지나지 않았을 텐데 아주 오래된 일처럼 느껴졌다.

'즐거웠던 순간의 기억이 멀게만 느껴지는 이유는 왜일까? 마음이 변해서일까?'

시간의 미로라는 게 있다면 이런 느낌일지도 모른다는 생각이 들었다.

'말을 삼키고 난 뒤에는 어떻게 될까? 시간이 다시 흐르면 타임조커는 어떻게 될까? 사라질까? 아니면 그대로 있을까? 기억하게 될까? 아니면 까맣게 잊어버릴까?'

"타임조커."

가온이는 타임조커를 넌지시 불렀다.

"자유의 몸이 되면 어디로 갈 거예요?"

"그, 그건 아직 생각해 보지 못했어. 나를 봐. 이런 얼굴과 옷차림을 하고 어디에 갈 수 있겠니?"

그 말을 놓칠세라 무거운 말이 또 끼어들었다.

"갈 곳이 딱 한군데 있지? 놀이공원 말이야. 너 같은 사기꾼한테 아주 잘 어울리는 곳이지. 그곳에 가면 페스티벌을 하는데 거기서 네 친구를 만날 수 있을 거야. 혹시 또 모르니 거기 가서 일자리를 알아보던가. 큭큭큭."

무거운 말의 비아냥거림에 타임조커는 슬픈 표정을 지었다.

가온이는 결정의 시간이 다가왔다는 것을 느꼈다.

가온이는 행복했던 추억을 떠올렸다. 엄마와 아빠 그리고 수빈이의 얼굴이 떠올랐다. 입가에 엷은 미소가 지어졌다. 미소는 점점 커지더니 밝은 웃음으로 변해 갔다.

"난 널 원하지 않아."

가온이가 활짝 웃으며 입을 열었다.

점점 거대해지던 무거운 말이 갑작스레 움직임을 멈췄다.

"거짓말하지 마. 넌 나를 어쩌지 못해. 내가 없으면 너도 없으니까."

무거운 말의 얘기에 가온이는 단호하게 소리쳤다.

"아니, 난 널 원하지 않아! 그러니까 이제 사라졌으면 좋겠어."

"그러지 마! 네가 위험해. 이건 그 교활한 마녀의 음모라고."

무거운 말이 발악했다.

"상관없어. 네가 정말 나라면, 그리고 내가 너라면."

가온이는 무거운 말을 깨물었다. 무거운 말에 난 이빨 자국에서 바람이 빠지기 시작했다.

"그러지 마. 넌 나 없이는 아무것도 못 해! 넌 시간의 미로에 빠진 미아가 되고 말 거야!"

"다시는 내 앞에 나타나지 마. 이제 너를 찾을 일은 없을 거야."

가온이는 무거운 말을 입속으로 구겨 넣었다.

무거운 말이 입 속에서 빠져나가려고 발버둥 쳤지만 가온이는 손으로 입을 막았다. 그리고 더욱 꼭꼭 씹었다. 쓰디쓴 초콜릿을 먹을 때처럼 씹을수록 진한 어두움이 느껴졌다.

"정말 싫어! 절대 안 돼! 진짜 못해! 제발 속지 마!"

무거운 말이 소리쳤다.

회오리바람이 일었다. 먹구름이 세상을 뒤덮고, 천둥 번개가 내리쳤다. 대지가 흔들리고 공간이 일그러졌다. 말의 늪이 무너져 내리고 있었다.

'타임조커! 자유를 다시 찾아요! 그게 내 소망이에요.'

가온이는 눈을 꼭 감고 마음속으로 외쳤다.

"가온이 울잖아!"

누군가가 말하는 소리를 듣고서야 가온이는 자신이 울고 있다는 사실을 알아차렸다. 눈을 꼭 감았더니 뜨거운 눈물이 뺨을 간질였다. 눈물이 왜 나는지 알 수 없었다. 그냥 슬펐다. 꼭 무언가를 잃어버린 것만 같은 느낌이 들었다. 그게 뭔지는 기억나지 않았다.

하루가 엉망진창이었다. 선생님이 왜 우냐고 물었지만 가온이는 입을 열지 않았다. 선생님이 어르고 달래고 화도 내보았지만 소용없었다. 가온이도 자신이 왜 우는지 몰랐기 때문이다.

가온이는 개인 면담을 하기로 약속한 시각에 맞춰 담임선생님을 찾아갔다.

"선생님."

"그래, 가온아. 이제 좀 기분이 나아졌니?"

"저……."

가온이는 막상 담임선생님을 만나자 뭐라고 말을 시작해야 할지 몰랐다.

"아직도 말하기가 곤란하니? 그럼 하고 싶은 생각이 들 때 다시 할까?"

"아니에요. 별거 아니에요. 지금 얘기할게요."

"그래. 잘 생각했어. 가온아, 잠깐만 기다려 봐."

선생님이 얼음을 띄운 차를 내왔다. 긴장으로 갈증이 난 터라 단숨에 들이켰다. 은은한 향이 지나가자 텁텁한 맛이 혀를 감쌌다.

"입맛에 맞을 것 같아서 내왔는데 이상하니? 다른 걸로 가져다줄까?"

"아니요. 괜찮아요. 조금 오묘한 맛이긴 한데 향은 좋네요."

"꼭, 차 전문가처럼 말하는구나."

선생님과 대화하는 상황이 언젠가 경험했던 일처럼 느껴졌다. 가온이는 그게 언제였는지 알아내려고 애를 썼으나 기억나지 않았다.

"가온이하고 이렇게 앉아 있으니 선생님은 기분이 너무 좋다. 아까, 어떤 일이 있었는지 솔직하게 말해 줬으면 좋겠어. 선생님이 도울 수 있다면 최선을 다해 볼게."

가온이는 생각을 정리하며 입을 열었다.

"선생님, 말이란 게 참 어려운 것 같아요."

"왜 그렇게 생각하는데?"

선생님이 의아해하며 물었다.

"말은 아주 제멋대로예요. 어떨 때는 생각보다 빠르고요, 어떨 때는 생각과 다르게 나오기도 하니까요."

가온이의 대답에 선생님은 살며시 미소 지었다.

"그렇지. 선생님도 그것 때문에 아주 고민이 많아. 무심코 한 말이 너희들에게 상처를 줄 수 있었다는 걸 뒤늦게 깨닫곤 하니까 말이야."

"정말이요? 선생님도 그런다고요?"

"그럼, 사람은 누구나 그런 실수를 해."

선생님과 공감대가 형성되자 친밀감이 생겼다.

"저는 저만 그런 줄 알고 계속 고민했거든요."

"그랬구나!"

가온이는 선생님과 대화를 나누다 보니 의외로 마음이 편해졌다. 상담이 생각처럼 두려운 것은 아니었다.

"이런 고민을 하는데도 대화를 하다가 다투는 일이 많아요."

"그래도 선생님은 가온이가 아이들과 소통하려고 많이 노력하는 것 같아서 보기가 좋아."

선생님의 칭찬이 가온이의 마음을 열었다.

"그렇지 않아요. 아니, 선생님 말씀이 맞아요. 그러고 보니 제가 잘하고 있었던 것 같아요. 제 의도와는 상관없이 결과가 별로 좋지 않았지만요."

"음, 그럴 수도 있겠구나."

가온이가 말하는 내내 선생님 입가의 미소는 떠나지 않았다.

"다른 어떤 방법이 있을까?"

"글쎄요. 그건 좀 생각해 봐야겠어요."

"잘 생각해 보고 선생님한테 이야기해 줄래? 어떻게 하면 아이들과 대화를 잘 할 수 있을지?"

"네. 쉽게 찾을 수 있을지는 저도 잘 모르겠어요."

"선생님도 알아. 나중에 준비가 되면 말하렴. 그리고 어떤 일에 대해 너무 고민하지 말고 고민이 생기면 친구와 속마음을 얘기해 보는 것은 어떨까?"

"네. 무슨 얘긴지 알 것 같아요. 생각해 보니 그다지 어려운 일은 아닌 것 같아요. 노력해 볼게요."

"오늘따라 가온이가 무척 어른스러워 보이는걸?"

"저도 그렇게 생각해요."

가온이의 말에 선생님은 환한 미소를 지었다.

가온이는 개천 산책로 입구에 우두커니 섰다.

선생님과의 상담을 잘 마쳤는데도 마음 한편이 불편하고 머릿속이 멍한 상태였다.

무심코 주머니에 손을 넣었는데 무언가가 잡혔다. 종이로 만든 카드 같았다.

"이게 뭐지?"

가온이는 주머니 속의 카드를 재빨리 꺼냈다. 그림이 있었던 흔적과 'JOKER'라는 글씨만 덩그러니 남아 있는 낡은 카드였다.

"그림이 왜 없지? 누군가 지워버리기라도 한 걸까? 아니면 조커가 카드에서 나오기라도 한 걸까?"

순간 온몸에 소름이 돋았다. 이유 없이 가슴이 뛰기 시작했다.

"뭐지? 이 느낌은?"

한순간 잊고 있던 기억이 한꺼번에 되살아났다.

"타, 타임조커!"

가온이의 기억과 시간이 뒤엉켜 있었다.

자신이 겪었던 모든 일이 생생하게 떠올랐지만, 기억과 시간의 순서는 뒤죽박죽이었다.

"내가 시간의 미로에 빠진 걸까?"

현재는 분명히 이전과 달랐다. 갑자기 길을 잃어버린 것 같은 생각이 들어서 혼란스러웠다. 모든 것이 낯설고 새로웠으며 익숙하고 친근했다.

가온이는 자신을 둘러싼 세계가 매우 작아진 것 같은 느낌을 받았다. 자신의 태도와 관점, 사람과의 관계 그리고 그 밖의 것들이 예전과는 전혀 달라졌다는 확신이 들었다.

기온이는 자신이 뱉은 무거운 말을 삼키던 마지막 순간을 기억했다. 무겁고 쓰디쓰고 텁텁하고 어둠 속으로 떠밀려 가는 것 같은 느낌과 말로 설명하기도 힘든 불쾌했던 기분이 떠올랐다.

가온이는 카드를 다시 한번 쳐다보았다.

"타임조커는 자유를 찾은 걸까? 아니면 다시 점성술사에게 돌아갔을까?"

타임조커가 카드 밖으로 나온 것은 틀림없는 사실이었다.

"점성술사는 정말 마녀일까? 왜 조커를 카드 안에 가두는 거지? 무엇을 얻기 위해서?"

가온이는 스텔라타로를 찾아가 보기로 했다. 자신이 겪었던 일이 사실인지 아닌지 확인할 수 있는 유일한 방법이었으니까.

"점성술사를 만나면 모든 게 다 밝혀질 거야."

가온이는 서둘러 발걸음을 옮겼다.

다시 찾은 동네는 기억하는 모습과 사뭇 달랐다.

"이상하다. 왜 집들이 낡아졌지?"

더 낡고 초라해 보였으며 이상하게도 사람의 흔적도 보이지 않았다. 한참 동안 아무도 살지 않았던 것처럼 생기를 잃은 느낌이 들었다.

몇 발자국을 더 걸어가자 '출입 금지'라는 푯말과 함께 입구를 막고 있는 노란색 가로대가 보였다.

"이런 건 없었는데……."

바람이 불자 시커먼 먼지가 가온이의 얼굴을 덮쳤다.

"아야!"

눈을 비비고 보니 바람에 날린 종이가 신발 위에 붙었다.

'재개발을 철회하라.'

'누구를 위한 재개발인가!'

가온이는 다시금 주변을 살펴보기 시작했다. 집이 무너진 흔적이 곳곳에 있었다. 재개발 구역은 전쟁을 겪은 뒤의 폐허 같았다.

"벌써 재개발 공사가 시작된 건가? 사람들은 다 어디로 갔지?"

아무도 없을 거라는 걸 알면서도 가온이는 혹시나 하는 마음에 걸음을 재촉했다.

가온이는 슈퍼 앞에서 걸음을 멈추었다. 잡다한 쓰레기 위로 라면 봉지만 굴러다닐 뿐 가게 안은 물건도, 내비게이션 아줌마도 없었다.

예상했던 것처럼 스텔라 타로도 빈집인 것 같았다.

"아무도 안 계세요?"

가온이는 혹시나 해서 불러 봤지만 아무런 대답도 없었다.

'갑자기 이렇게 모든 것이 허무하게 사라지다니!'

기온이는 꿈을 꾸고 있는 것만 같았다.

"쟤, 뭐야?"

뒤에서 사람들의 웅성거림이 들렸다.

"여기는 어떻게 들어 온 거야? 입구를 잘 지키고 있어야지!"

멍하니 서 있던 가온이는 정신이 퍼뜩 들었다.

철거 공사를 하는 아저씨들이 가온이를 보고 당황스러운 표정을 지었다.

"얘! 위험하니까 빨리 나가!"

포크레인에 올라타는 아저씨는 어서 비키라는 손짓을 했다.

"공사하는데 들어오면 어떻게 하냐! 사고 나면 우리가 책임져야 한다고."

망치를 들고 있는 아저씨도 인상을 쓰며 말했다.

"잠깐만요! 금방 나올게요."

가온이는 아저씨들의 아우성을 뒤로하고 대문 안으로 재빨리 뛰어 들어갔다.

스텔라 타로에는 예전의 온기가 모두 사라졌다. 앉은뱅이책상이며 촌스러운 커튼 등 남아 있는 것은 아무것도 없었다. 단지 한 장의 타로카드만 먼지 낀 바닥에서 나뒹굴고 있었다.

가온이는 타로카드를 주워서 가만히 쳐다보았다. 바퀴가 그려져 있는 타로카드였다.

'wheel & fortune'
끊임없는 변천, 만물은 시간의 흐름에 따라 변화한다.

"빨리 안 나오고 뭐 해!"

밖에서 재촉하는 소리가 들렸다. 가온이는 카드를 급하게 호주머니에 찔러 넣고 집 밖으로 나왔다.

가온이가 밖으로 나온 것을 확인하자 공사장의 인부들은 곧바로 집을 부수기 시작했다. 가온이는 귀를 막고 고개를 돌렸다. 엄청난 소음과 먼지를 일으키며 집 한 채가 눈 깜짝할 사이에 사라져 버렸다.

"저 집들이 사라지면 새로운 집들이 생기겠지? 그럼, 여기에 살던 사람들이 모두 다시 돌아올까? 내비게이션 아줌마도, 점성술사 아줌마도, 화초를 키우던 사람들도 모두 다시 돌아올까?"

가온이는 타로카드를 만지작거리며 중얼거렸다.

타로카드 안에서 점성술사의 체취가 느껴지는 것만 같았다. 가온이의 마음 한편이 이상하게 쓰라렸다.

11 속삭임 공책

"점성술사를 찾을 수 없다면 말사냥꾼을 찾아보자."

말사냥꾼을 찾아보기로 결심한 가온이는 제일 먼저 공원으로 향했다. 비밀스러운 말사냥꾼을 찾기 위해서였다. 비밀스러운 말사냥꾼은 비둘기들이 모여 있는 곳에 있을 테니까.

가온이는 비둘기 사이에서 모이를 주고 있는 할머니의 모습을 발견하고는 반가운 마음으로 뛰어갔다. 그러자 비둘기들이 하늘 높이 날아올랐다.

"할머니! 저 기억하시죠?"

"어미냐?"

할머니의 생뚱맞은 대답에 가온이는 흠칫 놀라서 되물었다.

"저예요. 말을 찾던 아이……."

"어? 누구라고?"

할머니의 눈에서는 아무런 감정도 느낄 수가 없었다.

"할머니는 비밀스러운 말을 사냥하는 말사냥꾼이잖아요?"

가온이는 누가 듣기라도 할까 봐 할머니의 귀에 대고 소곤거렸다.

"아이 간지럽다. 저리 가거라. 넌 누군데 그러니?"

할머니는 가온이를 알아보지 못했다.

"할머니, 정말 기억 안 나세요?"

그때였다. 한 아줌마가 할머니를 향해 다가왔다.

"어머니, 또 여기 계시면 어떻게 해요. 이제 집으로 들어가세요."

"저, 아줌마!"

가온이가 할머니를 모시고 돌아가는 아줌마를 불러 세웠다.

"왜 그러니?"

"할머니가 갑자기 왜 저렇게 되신 거예요?"

"갑자기는 무슨! 저렇게 되신 지는 몇 년 되었어. 가끔 정신이 돌아오셔서 바른말을 하시곤 했는데 요즘은 그것도 잘 못 보겠다. 그런데 넌 우리 어머니를 어떻게 아니?"

가온이는 사실대로 말할 수 없었다. 이야기해 봤자 믿지 않을 게 뻔했으니까. 지금의 상황은 자신도 믿기지 않았으니까.

"아, 아니요. 같이 비둘기 모이를 주곤 했는데. 그래서 저는 그냥……."

"그래, 고맙다."

가온이는 허탈한 기분이 들었다.

"아무것도 찾을 수가 없어. 도대체 어떻게 된 거지?"

가온이의 머릿속은 무거운 말을 삼켰을 때처럼 멍했다.

"아직 포기하기에는 일러."

가온이는 조각난 말을 사냥하는 말사냥군을 찾아보기로 했다.

"아저씨, 혹시 어제 여기서 청소하던 분을 알고 계세요?"

지하철 입구에 도착한 가온이는 청소를 하는 아저씨에게 말을 걸었다.

"내가 이곳 담당이라 어제도 청소했는데. 왜, 여기서 뭘 잃어버렸니?"

가온이의 물음에 아저씨는 의아한 표정을 지으며 대답했다.

"아저씨가 이곳 담당이시라고요?"

"그래, 이 구역을 맡은 지 벌써 1년이 다 되었지."

청소부 아저씨는 가온이를 보며 고개를 갸우뚱거렸다. 이상한 아이라고 생각하는 모양이었다.

가온이의 머릿속은 점점 더 혼란스러워졌다.

"왜 갑자기 사라져 버린 거지? 할머니는 또 왜 저렇게 된 거고?"

입 안이 바짝바짝 타들어 갔다.

"사나운 말사냥꾼을 만나보자. 사나운 말사냥꾼은 지하철역에서 사냥하니까 이곳에 있을 거야."

가온이는 말사냥꾼을 찾기 위해서 지하철역으로 내려갔다.

"학생! 무슨 일이야? 뭘 잃어버렸니?"

지하철에서 일하는 직원이 유실물 센터로 들어가려는 가온이를 보고 불러 세웠다.

"아뇨, 누구를 좀 만나러 왔어요."

가온이는 무거운 말사냥꾼의 모습을 설명했다.

"여기에 그런 사람은 없는데? 잘못 찾아온 거 아니니?"

"그럴 리가 없는데……. 잠깐만요. 유실물 센터 안을 보면 안 돼요?"

가온이가 막무가내로 들어가려고 하자 직원이 막았다.

"얘, 여기는 아무나 들어갈 수 있는 곳이 아니야. '관계자 외 출입 금지'라고 쓰여 있잖아."

"죄송해요. 잠깐이면 돼요."

가온이는 문을 열고 고개를 들이밀었다.

"어허, 요즘 애들은 막무가내라니까."

유실물 센터를 둘러보았지만 말사냥꾼은 보이지 않았다.

가온이의 마음은 다시 무거워졌다.

"도대체 무슨 일이 벌어지고 있는 거지? 정말, 시간의 미로에 갇힌 미아가 된 것 같아."

가온이는 말사냥꾼의 이름을 몰랐다. 말사냥꾼이라고만 불렀지 이름을 물어볼 생각은 하지 못했다.

"왜 이름을 물어볼 생각을 하지 못한 거지? 이름만 알았어도 찾을 수 있었을 텐데."

하지만 포기하기는 일렀다. 아직 한 명이 더 남았기 때문이다. 가온이는 마지막으로 가벼운 말사냥꾼을 찾기로 했다.

"가벼운 말을 사냥하는 말사냥꾼은 분명히 찾을 수 있을 거야. 예전부터 줄곧 그곳에 있었으니까."

가온이는 허공을 향해 잠자리채를 휘두르는 아저씨를 만나려고 개천 산책로를 찾아갔다. 아저씨는 산책로 일부이기라도 한 것처럼 여전히 그곳에 있었다.

말사냥꾼 아저씨의 잠자리채는 그새 크기가 많이 줄어들어 있었다.

"아저씨!"

가온이가 소리쳐 불렀다. 아저씨도 가온이를 기억하는지 눈을 마주치며 웃어주었다.

반가운 마음에 막 달려가려고 하는데 뒤에서 가온이를 부르는 소리가 들렸다.

"가온아! 정가온!"

엄마가 다리 위에서 아래를 내려다보며 가온이를 부르고 있었다.

"가온이 너 학원도 안 가고, 집에 오지도 않고 어디를 돌아다니는 거야? 엄마가 얼마나 찾았는지 알아?"

가온이는 잠깐 갈등하다 엄마에게 달려갔다. 그사이 엄마가 무척 그리웠다.

"엄마, 미안해. 보고 싶었어."

"어머머, 얘가 안 하던 짓을 다 하네. 너 엄마한테 잘못한 거 있니?"

"엄마, 잠깐만요. 저 아저씨 좀 만나고 올게."

말이 끝나기 무섭게 엄마가 가온이의 손을 낚아챘다.

"얘가 왜 이래? 너, 저 아저씨 알아?"

"아니, 뭐 좀 물어볼 게 있어서 그래."

"얘가 정말! 요즘 세상이 얼마나 위험한데! 모르는 사람이랑 함부로 이야기하면 안 된다고 했지!"

"저 아저씨 나쁜 사람 아니야. 이상한 사람이 아니라고. 정말이야."

"너 혼 좀 나야겠다. 얘가 키만 컸지, 세상을 몰라도 이렇게 몰라!"

그건 가온이가 엄마에게 해 주고 싶은 말이었다.

가온이는 고집을 부리지 않았다. 진실을 이야기해 봤자 엄마는 믿지 않을 것이기 때문이다.

가온이는 엄마에게 끌려가며 말사냥꾼 아저씨를 쳐다보았다. 아저씨는 가온이를 보고 미소를 지었다. 가온이의 입가에도 살며시 미소가 지어졌다.

"이게 뭐야! 뭐가 묻은 거지?"

화장실에서 볼일을 마친 가온이는 무의식적으로 속옷을 내려다보고 깜짝 놀랐다. 얼룩이 묻어 있었기 때문이다.

"어머! 정신이 없어서 몰랐나 봐."

지금 막 생긴 자국은 아닌 것 같았다. 꽤 시간이 흐른 것 같았다.

"그럼, 배가 아팠던 게 이것 때문인 건가? 왜 기억이 나지 않지?"

갑자기 머릿속이 복잡해지기 시작했다.

"타임조커가 내 시간을 훔쳐 간 거야!"

가온이는 타임조커를 왜 시간도둑이라고 부르는지 알 것 같았다. 타임조커는 아무도 모르게 가온이가 초경을 한 순간을 훔친 것이다.

괜스레 부끄러워서 어딘가에 숨어 버리고만 싶었다. 가온이는 방에 돌아와 새 속옷으로 갈아입고, 얼룩진 속옷을 숨길 곳을 찾기 시작했다. 서랍장에서 손수건 사이에 얼룩진 속옷을 끼워 넣었다. 그러다 문득 잘못된 생각이라는 것을 깨달았다.

남들 모르게 비밀일기를 썼다가 이상한 일에 휘말리게 된 것처럼 비밀은 만들면 숨기기에 급급하게 된다. 들키지 않으려고 거짓말을 해야 할 수도 있다. 그러니 부끄럽더라도 진실을 마주 봐야 자신에게 당당해질 수 있었다.

"엄마, 나 이제 어른이 된 것 같아!"

가온이는 거실로 나가서 엄마에게 속옷을 넌지시 내밀었다. 얼굴이 새빨갛게 타오르는 것 같았다.

엄마는 살짝 미소를 지었다.

"어머! 우리 딸, 이제 다 컸네. 진짜 여자가 됐구나."

선생님은 중대한 발표를 하기라도 하는 양 엄숙한 분위기로 입을 열었다.

"너희들에게 줄 숙제가 있어."

여기저기서 한숨 소리가 새어 나왔다.

"이건 속삭임 공책이야. 우리 반 전체의 일기장이지."

선생님은 두꺼운 공책 하나를 머리 위로 높게 치켜올리며 흔들이 보였다.

"일기요?"

아이들 모두 멀뚱멀뚱한 표정을 지었다.

"너희들이 가진 고민이나 비밀을 적어 보도록 해. 함께 해결해 보자."

선생님은 마음에 쌓아 놓은 벽을 허물어뜨리고 고민을 함께 풀어보자고 말했다. 또 친구들의 고민을 알게 된다면 서로를 이해하고 좀 더 가까워질 수 있을 거라고 했다. 그러나 아이들은 모두 떨떠름한 표정이었다. 선생님의 생뚱맞은 의욕과 반 강압적인 태도가 못마땅한 듯했다. 다 같이 보는 공책에 비밀을 적으라는 것은 비밀을 털어놓으라고 강요하는 것과 다름없었기 때문이다.

"그게 뭐예요! 비밀을 공개하면 그건 비밀이 아니잖아요."

승민이가 의기양양한 표정을 하며 말했다.

"이름은 적지 않아도 좋아."

"그럼, 누가 썼는지도 모르는데 어떻게 고민을 해결해 준다는 거예요?"

승민이가 선생님께 따지듯 되물었다. 그래도 가온이는 승민이가 전혀 밉지 않았다.

"그러니까 비밀이지. 누구의 고민인지는 너희들이 찾으면 되잖아. 누구의 고민인지 알게 되면 친구를 도우려고 나설 거야. 친구의 고민을 알면서도 모르는 척할 수는 없을 테니까. 그렇지?"

선생님의 말에는 수긍이 갔다. 그러나 아이들은 자신의 고민을 누구와도 나누고 싶어 하지 않았다.

"뭐 하러 그런 공책에 일기를 써요. 학교 홈페이지에 써도 되잖아요."

아이들은 여전히 시큰둥한 반응을 보일 뿐이었다.

"맞아요. 우리 반 홈페이지도 따로 있잖아요."

불만이 여기저기서 튀어나왔다. 어떻게 해서든지 선생님의 생각을 돌려놓고 싶은 모양이었다.

"반 홈페이지에 쓰면 편리하지. 그렇지만 거기는 개인 정보가 공개되어 있으니 진짜 고민은 털어놓지 못할 거야."

아이들은 더 이상 반박하지 못했다.

"선생님 꼭 써야 하는 거예요? 고민이 없으면 쓰지 않아도 되죠?"

"그래. 하지만 일 년 동안 고민을 한 번도 안 하게 될까?"

선생님은 아이들을 둘러보더니 잠시 뜸을 들인 뒤 말을 이었다.

"너희에게 부담을 주려는 게 아니야. 너희들이 감당할 수 없는 고민에 빠져서 힘이 들 때, 혼자서 끙끙 앓지 말고 이걸 이용하라는 거야. 아니면 다른 누군가에게 꼭 하고 싶었던 말을 전해도 좋고. 순서를 정하지는 않겠지만 꼭 한 번은 쓰도록 해."

잠시 뜸을 들인 선생님이 천천히 입을 열었다.

"선생님이 나서서 너희들의 고민을 해결해 주면 좋지만 그게 생각처럼 쉬운 일이 아니야. 그건 너희도 이해해 주어야 해."

선생님은 진지한 표정으로 말을 이었다.

"어쩌면 친구의 고민은 그다지 중요하지 않을지도 몰라. 선생님은 그래서 이 일기장이 더욱 필요하다고 생각해. 함께 생활하지만, 우리가 서로에 대해서 얼마나 알까? 같은 반 친구인데도 말도 몇 번 해 보지 못하고 1년이 지나가 버릴 수도 있어. 고민이 전혀 없을 것 같은 친구에게도 남다른 고민이 있는지도 모르고. 그러니 일단 시작해 보기라도 하자. 해 보면 모두 달라질 거야."

선생님의 결심은 확고했다.

선생님이 교실에서 나간 뒤 아이들은 수군거리기 시작했다.

"선생님은 왜 속삭임 공책을 쓰라고 하시는 걸까?"

수빈이가 선생님과 아이들 사이에 불화가 생기지 않을까 걱정하며 물었다.

"이유가 있겠지."

가온이가 대답했다.

"넌 궁금하지 않니? 속삭임 공책 말이야. 정말 우리가 서로의 고민을 해결해 줄 수 있을까?"

"글쎄, 그야 해 보면 알게 되지 않을까?"

가온이는 타임조커를 만난 뒤 깨달은 게 한 가지 있었다.

비밀 일기장을 잃어버린 후 다시 찾는 과정에서 생겼던 무수한 일들과 말을 삼킨 뒤 깨달은 것!

그것은 절대로 말실수를 하면 안 된다는 것이다. 한번 뱉은 말을 돌이킬 수 없기 때문이다.

뱉어버린 말을 되찾으면 된다고?

그건 말을 찾기 위한 여정이 얼마나 힘든지 몰라서 하는 소리다. 시간 도둑을 만나면 그나마 다행이지만, 한가지 문제가 있다. 시간 도둑은 당신의 시간을 훔치려고 호시탐탐 기회를 노린다는 것이다.

운 좋게 뱉은 말을 다시 만나서 돌아와달라고 부탁해도 순순히 들어줄 리 없다. 말은 길들이기가 너무나 어려운 녀석이니까. 그러니 뱉어버린 말을 다시 찾으려 하지 말 것!

작가의 말

"어떻게 해. 뱉어 버린 말을 주워 담을 수도 없고⋯."

누구나 한 번쯤은 해 봤을 고민입니다. 이런 고민이 들 때, 여러분은 어떻게 하나요? 만약에 시간을 멈출 수 있다면, 그래서 '말'에게 되돌아오라고 부탁할 수 있으면 어떨까요? 그럼, 말이 돌아와 줄까요?

말실수로 후회하고 고민해본 적이 있습니다. 그럴 때면 시간을 되돌려서라도 뱉은 말을 주워 담고 싶은 마음이 생기기도 하지요. 하지만 한 번 뱉어 버린 말은 제 것이 아닙니다.
말은 마치 살아 있는 것 같습니다. 누군가에게는 희망을 주기고 하고, 누군가에게는 상처를 주기도 하지요. 또 겉과 다른 속뜻을 담고 있기도 하고, 부풀려져서 멀리 퍼져나가기도 합니다.

말은 도대체 어떻게 생긴 녀석일까요?

왜 늘 제멋대로 구는 걸까요?

길들이기는 왜 이렇게 어려운 걸까요?

어른이 된 지금도 말을 길들이는 게 가장 어려운 일 같습니다.

《말을 삼킨 아이》는 실수를 되돌리기 위해 자신이 뱉은 '무거운 말'을 찾아 나선 가온이의 시간을 뛰어넘는 모험 이야기입니다. 가온이는 쉽게 말을 뱉는 나쁜 습관을 고치려고 비밀 일기장을 쓰기 시작합니다. 그리고 비밀 일기장을 쓰면서 나쁜 습관이 조금씩 고쳐진다고 믿지요. 그러던 어느 날, 비밀 일기장을 잃어버리는데 그 일로 친구에게 끔찍한 말을 뱉어버리고 말지요. 그래서 자신이 뱉은 말을 찾기 위한 모험을 시작합니다.

가온이는 우여곡절 끝에 자신이 뱉은 '무거운 말'을 찾고, 삼키게 됩니다. 그리고 조금 더 성장한 자신을 만나게 되지요.

누군가의 말 한마디가 한 사람의 인생을 변화시키는 것을 볼 수 있습니다. 그만큼 말이 갖는 힘이 엄청나다고 할 수 있지요.

사랑을 주는 말, 누군가에게 힘이 되는 말, 아름다운 말들이 뛰노는 세상을 꿈꾸어 봅니다. 고운 말, 바른말이 뛰놀면 사람과 사람 사이의 관계, 더 나아가 세상을 아름답게 변화시킬 수 있을 테니까요.

말을 찾는 모험을 마친 가온이에게 또 다른 시련이 찾아옵니다. 아침에 눈을 뜬 가온이는 자신이 고등학생이라는 사실을 깨닫습니다. 자신은 열세 살이라고 믿고 있는데 말이죠.

기억을 잃어버리기라도 한 걸까요? 그게 아니라면 하루아침에 5년의 세월을 건너뛰기라도 한 걸까요? 도대체 어떻게 된 일일까요? 고등학생 가온이에게는 어떤 모험이 기다리고 있을까요?

자신을 만나기 위한 모험에 뛰어든 가온이의 두 번째 시간 여행을 《기억을 삼킨 아이》에서 만나보세요.

2023년 가을
권요원